AF375535

Andreas Bärenstein

Die Parallel - Beziehung

Roman nach einer wahren Geschichte

Impressum

Bibliografische Information der Deutschen
Nationalbibliothek:
Die Deutsche Nationalbibliothek verzeichnet diese
Publikation in der Deutschen Nationalbibliografie;
detaillierte bibliografische Daten sind im Internet über
http://dnb.dnb.de abrufbar.

ISBN 9783752674491

© 2020 Andreas Bärenstein

Herstellung und Verlag: BoD – Books on Demand,
Norderstedt

Es ist dunkel geworden. Ich saß im Auto und die Scheinwerfer waren erloschen. Nur der trübe Schein einer einzelnen Straßenlaterne spendete ein wenig Licht. Kein Mensch war zu sehen, kein Autoverkehr zu dieser Zeit. Ich rauchte eine Zigarette und ließ meine Gedanken des Tages nochmals an mir vorüberziehen. Hatte der Urologe wirklich Recht, der auf Grund meiner Erektionsstörungen und meiner langjährigen Ehe die Empfehlung aussprach, es einmal mit einer anderen Frau zu versuchen? Seit Jahren lief ich von einem Arzt zum anderen ohne dass irgendeiner hätte helfen können. Tabletten, Injektionen, Testosteronbehandlungen, alles erfolglos. Nur eines hatte sich geändert, ich war wieder interessiert an dem weiblichen Geschlecht, vorher hatte ich Frauen kaum wahrgenommen. Die Gedanken ließen mich nicht los, ich warf den Zigarettenstummel aus dem Fenster und zündete mir gleich eine neue an. Um mich herum war es still, noch immer keine Menschenseele zu sehen, das war mir ganz wichtig und ich beobachtete intensiv weiter die Umgebung. Ok, wenn ich es versuchen sollte dann jetzt. Ich stieg aus, warf die Zigarettenkippe zu dem Müll auf dem Bürgersteig der sich dort angesammelt hatte und ging wenige Meter um die Straßenecke. Die weiße Eingangstür des FKK-Klubs war hell angestrahlt. Ich ging auf dem ebenfalls weißen Kiesweg nur einige Meter und öffnete die abgedunkelte Glastür. Im trüben rötlichen Licht stand hinter einem Tresen eine langhaarige Blondine mit Jeans und weit ausgeschnittenem Top. Trotz ihrer Schminke bemerkte ich, dass sie schon in die Jahre gekommen war. Sie begrüßte mich sehr freundlich. „Hey, bist Du zum ersten Mal hier?" Ich erwiderte „Ja, ich hoffe das macht nichts" Sie lachte „Logisch nicht, ich erkläre Dir mal wie es hier abläuft! Sag mir doch mal deine Schuh-grösse?" Ich antwortete: „45 und warum willst du das wissen?" „Danach suche ich dir deinen Spind raus! Dort findest du dann deine Badeschuhe in der richtigen Größe!" Sie erklärte mir noch wie die Bezahlung mit den Getränken funktioniert und zeigte mir wo ich mich umziehen kann. Nachdem ich meinen Eintritt bezahlt hatte und bestens aufgeklärt wurde, nahm ich Handtuch und Bademantel und ging in den Umkleideraum. Alles machte einen sauberen und aufgeräumten Eindruck. Meine Sachen verstaute ich in dem viel zu kleinen Spind und machte mich dann auf den Weg zur Bar, die durch eine ebenfalls weiße

Pendeltür von dem Eingangsbereich abgetrennt war. Sowohl an der Bar als auch auf mehreren Couchgarnituren saßen viele Mädels, deren Kopf sofort zu der Pendeltür drehte, um zu schauen wer jetzt wohl kommt. Mit einem flauen Gefühl im Bauch ging ich direkt zur Bar und suchte mir einen Platz, bei dem nebeneinander einige Barhocker frei waren. Ich hatte nicht vor mich sofort in die Nähe zwischen die Mädels zu setzen. So glaubte ich alles erst einmal in Ruhe beobachten zu können. Der Raum war spärlich beleuchtet, leise spielte im Hintergrund Musik. Kaum hatte ich mich dort hingesetzt wurde ich schon von dem ersten langhaarigen blonden Mädel angesprochen. Sie fragte mit einem gewinnenden Lächeln ob ich denn Gesellschaft wünsche. „Nein danke" sagte ich „ ich bin eben erst gekommen". Eine dümmere Ausrede ist mir in dem Moment nicht eingefallen. Aber sie akzeptierte meinen Spruch mit dem Hinweis, ich könnte ihr ja dann Bescheid sagen und wechselte auf ihren unglaublich hohen High Heels wieder zu den anderen. Mein Gehirn begann fieberhaft zu arbeiten und ich suchte verzweifelt nach einer Strategie wie ich denn nun weiter vorgehen sollte. Schließlich wollte ich mir keine Blöße geben. Nachdem ich noch weitere Mädels erfolgreich abgewimmelt hatte ließ man mich in Ruhe, offensichtlich hatten sie an mir altem Knochen das Interesse verloren. Plötzlich bemerkte ich ein sehr nett aussehendes Mädel, das sich von den anderen auf besondere Art hervorhob. Sie war zurückhaltend, sehr hübsch, unterhielt sich mit ihren Kolleginnen und lachte auf eine hinreißende Art. Unsere Blicke kreuzten sich und ich lächelte ebenfalls zu ihr herüber. Nachdem wir das mehrfach wiederholt hatten, ergriff sie die Initiative und kam zu mir herüber an die Bar. „Hallo, ich heiße Selina, bist du heute das erste Mal hier?" Jetzt musste ich Farbe bekennen und sie war mir nicht unangenehm. „Ja" erwiderte ich „ich bin zum ersten Mal hier". „Wie heißt Du denn" fragte sie und ich antwortete unsicher mit einem falschen Vornamen „Andy", denn ich vermutete, dass ihr Name auch nicht der Richtige war. Wir unterhielten uns dann woher ich komme und was ich arbeite. Es machte Spaß mit ihr zu erzählen, auch sie beantwortete meine Fragen und ich erfuhr dass sie aus Bulgarien stammt. Sie war schon längere Zeit hier, hatte sich die deutsche Sprache selbst angeeignet und sprach mit einem angenehmen ausländischen Akzent, der die Unterhaltung noch spannender machte. Ich lud sie zu einem Piccolo ein und nach vielleicht einer Stunde fragte sie mich ganz direkt, ob wir uns denn nicht in einen der Räume zurückziehen wollten. Schlagartig war mir bewusst, dass ich genau jetzt eine Entscheidung treffen musste. Mein Stresspegel war am Limit, es gab keinen Aufschub mehr. Ich stimmte zu und wir verließen die Bar. Sie schwebte in ihren High Heels vor mir her, dann betraten wir beide das Zimmer. Wir setzten uns nebeneinander auf das Bett und erzählten weiter von Belanglosigkeiten. Meine Anspannung fiel langsam von mir ab, ich nehme an, dass sie es gespürt hat. Ich überlegte kurz und beschloss dann ihr reinen Wein einzuschenken. „Ich habe Erektionsstörungen, bei mir funktioniert gar nichts" gestand ich ihr. Sie lächelte mich verständnisvoll an und erwiderte, dass es viele Männer gäbe die schon mit sehr viel jüngeren Jahren davon betroffen sind. Wir sprachen länger über dieses Thema und sie versuchte mir einfühlsam meine innere Barriere zu nehmen. Und da ihr die Unterhaltung in deutscher Sprache nicht so einfach fiel, wechselten wir auf die englische, diese konnte sie sehr viel besser. Bei mir tat sich tatsächlich wie schon befürchtet nichts und als die vereinbarte Zeit vorbei war, gab sie mir ihr hinreißendes verständnisvolles Lächeln mit auf den Weg.

An den folgenden Tagen musste ich oft an dieses Erlebnis und vor allem auch an Selina denken. Sie war so locker und fröhlich wie ich es schon lange nicht mehr erlebt hatte. Und das gefiel mir sehr. Ich fasste den Entschluss sie nochmals zu besuchen. Als es die Zeit erlaubte, ging ich wieder zu dem Club und dachte überhaupt nicht darüber nach, ob sie auch wirklich dort ist. Dies wurde mir aber erst bewusst als ich den Eintritt schon bezahlt hatte. Nun aber würde ich es ja feststellen. Es fiel mir wesentlich einfacher wie beim ersten Mal, da ich jetzt schon wusste was mich erwarten würde. Viele Mädels erkannte ich wieder, sie mich allerdings auch und in einer kleinen Gruppe kichernder Mädels sah ich Selina. Unsere Blicke trafen sich und wir lächelten uns an, sie kam daraufhin sofort zu mir herüber. Wir begrüßten uns herzlich als würden wir uns schon ewig kennen, tranken etwas an der Bar, erzählten uns viel in Deutsch und Englisch und zogen uns dann zurück. Sobald wir alleine waren wurde ich sehr viel lockerer und unsere Unterhaltung natürlich auch. Irgendwie hatte ich das Gefühl eine besondere Verbindung zu ihr zu haben, die ich allerdings nicht einzuschätzen vermochte. Und da unsere Gespräche wesentlich intensiver wurden, unterhielten wir uns wie bei unserem ersten Treffen sowohl in deutscher wie auch in englischer Sprache. Damit kamen wir beide sehr gut zurecht.

In den kommenden Wochen trafen wir uns öfter in dem Club. Sie hatte inzwischen Vertrauen zu mir gefasst und mir auch ihre Handynummer gegeben, sodass wir uns dort verabreden konnten. So war ich sicher dass sie auch da ist. Sie erklärte mir viel von ihrer Arbeit wie sie es nannte und ich begriff langsam, dass es tatsächlich auch eine war. Voraussetzung waren zunächst ein attraktives Aussehen, ein aufreizendes Outfit, ein erotischer Duft, lange Wimpern, hübsche Fingernägel und eine besondere Frisur und das kostete eine Menge Zeit und Geld. Alle Mädels hier arbeiteten Schicht, das bedeutet sie mussten 12 Stunden tagsüber oder nachts anwesend sein. Dabei spielte es keine Rolle ob viel oder wenig Gäste anwesend waren. Auch der einzelne sollte mehrere Mädels vorfinden, sonst wäre er enttäuscht und das möchte der Club auf jeden Fall vermeiden. Dies spricht sich in diesen Kreisen schnell herum. Sie arbeiteten selbstständig und auf eigene Rechnung und sollten die Landessprache wenigstens etwas beherrschen. Selina konnte sich außer in Deutsch und Englisch z.B. auch in Spanisch oder Italienisch unterhalten.

Wenn ein Gast die Bar betrat, entschied sie für sich auf den ersten Blick, ob er einen sympathischen Eindruck machte. War es für sie stimmig begann die Akquise, diese ist in Anbetracht der vielen konkurrierenden Mädels nicht zu unterschätzen. Es galt den richtigen Zeitpunkt abzuwarten um den Gast anzusprechen, damit er sich nicht unter Druck gesetzt fühlte. War der Gast mit ihrer Gesellschaft einverstanden, musste sie ein vernünftiges Gespräch führen können, etwas von seinen Vorstellungen erfahren und sich auf ihn einstellen. Stellte sich dabei heraus, dass er wider Erwarten eigenartige Neigungen hatte, oder doch ein unangenehmer Typ war, zog sie sich sofort zurück. Ich hätte nicht vermutet, dass nicht nur das Geld eine Rolle spielt, eine gewisse Portion Sympathie gehörte also auch dazu.

Da die Clubbesuche nicht mein Ding waren, schließlich wollte ich dort nicht gesehen werden, fragte ich sie, ob wir uns denn nicht mal in der Stadt zum Essen treffen wollen. Da dies seitens des Clubs nicht gewünscht war zögerte sie zunächst, aber willigte dann doch ein. Wir verabredeten uns in der City zum Mittagessen. Der Tag kam, es war kühl und sah nach Regen aus und ich wartete im Freien an dem verabredeten

Treffpunkt. Ich dachte an meine Familie, vor allem was sie zu meinem Treffen wohl sagen würde. Ich verdrängte diese Gedanken relativ schnell, es fehlte uns im Moment die familiäre Nähe. Meine Frau widmete sich dem Golf, dem Sport, sowie anderen sozialen Dingen und war die ganze Woche zeitlich ausgebucht. Vielleicht fühlte ich mich irgendwie vernachlässigt, ohne dass es mir zu diesem Zeitpunkt tatsächlich bewusst war. Wie bei Frauen üblich war Selina nicht pünktlich, ich dachte schon, sie hätte es sich anders überlegt und schickte ihr eine Whattsapp. Sie antwortete nur wenige Minuten später, dass sie bereits im Taxi sitzen würde, sie hätte sich verspätet. Tatsächlich bog sie nach einiger Zeit um die Ecke und ich erkannte sie zunächst nur an ihrem Gesicht und den langen wilden rotbraunen Haaren. Sie sah ganz anders aus wie erwartet, trug Jeans und silberne Sneakers und da es ja kühl war, einen dünnen Stoffmantel darüber. Ich freute mich, dass sie unsere Verabredung doch eingehalten hatte. Schließlich war ich schon fast doppelt so alt wie sie. Wir überlegten kurz und gingen zusammen in einem Restaurant essen wo wir auch rauchen konnten. Schnitzel mit Pommes, das ist doch was. Obwohl ich es so in diesem Moment nicht gesehen habe, kamen wir uns durch die persönlichen Erzählungen ungewöhnlich nahe. Sie arbeitete hier in Deutschland um ihre Familie zu versorgen, hatte zwei Kinder und war geschieden. Ich versuchte mehr zu erfahren und fragte weiter. Ich spürte plötzlich dass ihr meine Fragerei zu weit ging, ihre Antworten wurden ungewöhnlich kurz und knapp. Es dauert bis ich ihr weiteres Vertrauen gewinnen kann dachte ich mir und stellte deshalb keine Fragen mehr. Sie sollte nicht den Eindruck haben ich wollte sie aushorchen, das lag mir völlig fern. Wir wechselten das Thema und machten noch ein wenig Small Talk über Musik und Urlaub. Und so endete unser erstes Date an diesem Nachmittag lustig und fröhlich.

Ich fühlte mich innerlich wie zerrissen. Auf der einen Seite die Familie, auf der anderen Seite Selina. Ich bewunderte ihre lockere und aufgeschlossene Art, ganz anders, als ich es von zu Hause kenne. Dort bin ich gut für alle möglichen Tätigkeiten rund um Haus und Hof, es wird allerdings nicht so wie ich es mir wünsche wahrgenommen. Es wird mehr als Selbstverständlichkeit gesehen. Bei ihr jedoch erfuhr ich eine Aufmerksamkeit, die ich sonst nur annähernd während meines Berufslebens verzeichnen konnte.

Bei unserem nächsten Treffen ähnelte sich vieles, unsere Unterhaltung wurde vertrauter und sowohl sie als auch ich sprachen über viel Persönliches. Sie mochte ihren Beruf nicht und würde viel lieber bei ihren Kindern und bei der Familie zu Hause sein. Ich konnte dies gut verstehen, denn sie sah diese normalerweise nur alle 2 bis 3 Monate oder bei familiären Anlässen für einige wenige Tage. Sie schickte laufend Bargeld nach Hause, die Eltern waren arm und hatten ihr auch keine richtige Schulausbildung ermöglichen können. Wie sie mir verriet, besaß sie lediglich von früher noch ein Baugrundstück und ihr Traum war es, einmal in eigenen vier Wänden zu wohnen. Ich freute mich, dass sie trotz aller widrigen Umstände so positiv in die Zukunft blicken konnte.

Nachdem ich nun wusste, dass sie ihren Beruf eigentlich nicht mehr ausüben wollte, überlegte ich für mich, ob ich ihr nicht weiterhelfen könnte. Bei stundenlangen Recherchen im Internet fand ich einige wenige Beratungsstellen an die sich Prostituierte wenden können, falls sie in ihrem Gewerbe nicht mehr weiterarbeiten möchten. Nach langer Überlegung beschloss ich dorthin zu gehen, vielleicht könnte ich ja etwas Hilfreiches herausfinden. Ich klingelte außen am Gartentor eines Bürogebäudes, aber nichts rührte sich. Nach der Anzeigetafel, die im Vorgarten angebracht war, befand ich mich aber durchaus während der Geschäftszeit dort. Ich überlegte was ich jetzt tun sollte, als sich plötzlich die Tür am Haus öffnete und eine Frau herauskam. Ich bat sie mich doch hereinzulassen und so gelangte ich schon mal ins Treppenhaus. Wieder klingelte ich an der Beratungsstelle und dieses Mal wesentlich eindringlicher. Plötzlich öffnete sich die Tür für einen Spalt soweit es die vorgelegte Sicherungskette zuließ. Eine ältere Frau fragte mich was ich denn wolle. Offensichtlich tauchten hier wohl keine Männer auf, warum auch? Schließlich war die Beratungsstelle eigentlich nur für weibliche Personen gedacht. Ich erklärte ihr freundlich, dass ich Informationen benötigte und sie möchte mich doch bitte hineinlassen. Mein Eindruck auf sie schien nicht der schlechteste zu sein, die Tür schloss sich, ich hörte wie die Sicherungskette abgenommen wurde und dann öffnete sie sich wieder und ich durfte eintreten. „Folgen Sie mir" war die barsche Aufforderung der älteren, dicken und hässlichen Frau und da ich sie jetzt ganz vor mir sah, bemerkte ich ihre abgetragenen Klamotten. Als wir uns an einen uralten abgewetzten Schreibtisch gesetzt hatten, stellte sie die Frage „Was wollen Sie denn? Normal kommen hier Frauen her und keine Männer!" „Das dachte ich mir schon" erwiderte ich „aber da meine Freundin nicht so gut deutsch spricht, kann ich besser mit Ihnen reden. Oder können sie es ihr in Englisch erklären?" Damit hatte ich gewonnen und konnte meine Fragen stellen. Wie ich schon nach kurzer Zeit unseres Gespräches feststellen musste gab es eigentlich kein richtiges Programm, sondern nur einige wenige Tipps, die niemand vom Hocker reißen konnte. Das Wichtigste war die Möglichkeit der Beantragung von Harz IV, sofern die Betreffende einen offiziellen Wohnsitz hier in Deutschland hat. Allein das trifft nur für die wenigsten der hier arbeitenden Frauen zu. Ich verwies darauf, dass dies allein doch niemals eine Frau zu einem Jobwechsel veranlassen könnte. Viele haben in ihrem Heimatland besondere Verpflichtungen zu erfüllen und dazu würde das Geld von Harz IV niemals ausreichen. Es ging schließlich nicht darum nur sich selbst zu versorgen. Ergänzend teilte sie mir mit, dass sie sich aber auch um eine seriöse Arbeitsstelle bemühen würden, da sähe es im Moment aber überhaupt nicht gut aus. Nachdem keine weiteren Highlights zu erfahren waren, verließ ich erschüttert die Beratungsstelle.

Mit solch mageren Auskünften und so viel Planlosigkeit hatte ich nun tatsächlich nicht gerechnet. Hier fehlte es wirklich an einer sinnvollen und erfolgversprechenden Strategie. Ich war erschüttert, man war noch nicht einmal in der Lage eine vernünftige Ausbildung zu vermitteln, oder eine Perspektive für die Zukunft in Aussicht zu stellen.

Bei unserem nächsten Treffen erzählte ich Selina von meinem Besuch bei der Beratungsstelle. Sie war verständlicherweise ganz von den Socken, sie konnte es nicht fassen, dass ich mir die Mühe gemacht hatte und dort gewesen war. Aber sie hatte schon von Freundinnen gehört, dass man von dieser Institution keine besondere Hilfe erwarten könne. Dies träfe aber nicht nur für die sondern auch für andere zu. Einige hätten schon darauf gehofft, aber wegen der vielen Verpflichtungen gegenüber der Familie zu Hause, Krankheit, Arbeitslosigkeit und Armut keine andere Wahl gehabt, als wie bisher weiter zu arbeiten. Auch Selinas Kinder lebten bei den Großeltern in einem winzig kleinen Zimmer, in dem auch sie übernachtete, wenn sie dort war. Wir gingen noch spazieren, genossen die warme Sonne und den schönen Tag. Dann musste sie zurück zur Arbeit und ich nach Hause um noch einiges zu erledigen.

Wenige Tage später erhielt ich nachmittags eine Whattsapp von ihr und sie bat dringend um Hilfe, ich möchte doch so schnell wie möglich kommen. Ich erdachte eine Ausrede für zu Hause und machte mich auf den Weg zum Club. Die anderen Mädels winkten mir, als ich mich nach Selina umsah und ich winkte zurück. Sie wussten, dass ich nur zu ihr wollte und zeigten mit der Hand in eine Ecke in der eine Couch stand. So hatte ich sie noch nie erlebt, sie schaute traurig und ernst. Wir zogen uns in ein Zimmer zurück und als wir nebeneinander auf der Bettkante saßen brach sie in Tränen aus. Sie musste dringend zu Hause Zinsen für einen höheren Kredit zurückbezahlen, aber ihre Geschäfte liefen schlecht und sie hatte das Geld dafür nicht. Die Zinsen dort für Darlehen von Privatpersonen sind unglaublich hoch und bei der Bank Geld zu leihen ist vielen Menschen nicht möglich, da die notwendigen Sicherheiten fehlten. Nach kurzem Überlegen versprach ich ihr zu helfen und sie versprach es mir zurückzugeben, wenn sie es konnte. Wir verließen das Zimmer, ich zog mich an, sagte dem Mädel am Eingang dass ich in Kürze wiederkommen würde, da ich schnell etwas zu erledigen hatte. Ich suchte einen

Geldautomaten, denn so viel Bargeld hatte ich natürlich nicht dabei. Endlich fand ich einen der auch funktionierte, hob Geld ab und machte mich wieder auf den Rückweg. Selina war überglücklich, ein Lächeln zeigte sich auf ihrem Gesicht, sie bedankte sich dauernd und beteuerte, dass ich mich auch auf ihr Wort verlassen könne. Und ich hatte keinen Grund daran zu zweifeln.

Heute Abend war ich alleine zu Hause, saß draußen auf der Terrasse bei einem Glas kühlem Weißwein, rauchte eine Zigarette und hörte alte Blues Songs. Ich dachte über den heutigen Tag, mein Gespräch mit Selina und überhaupt über das ganze Verhältnis mit Ihr nach. Warum vertraute ich ihr auf diese Weise? Mein ganzes Leben hatte ich mit den unterschiedlichsten Personen zu tun und glaube schon, dass ich eine Portion Menschenkenntnis habe. Dennoch kamen mir Zweifel auf. Lag es daran, dass ich vor kurzer Zeit in Pension gegangen bin und nun erstmals in meinem Leben viel Zeit hatte? Oder gefiel es mir einfach eine junge Frau an meiner Seite zu haben? Letzteres glaube ich nach meiner eigenen Einschätzung nicht. Ich fand keine geeignete Erklärung, obwohl ich mir das Gehirn zermarterte. Sie gefiel mir wegen ihrer offenen, fröhlichen, lieben, aber auch verbindlichen Art, sah zudem noch gut aus und hatte sogar einige meiner Interessen trotz unseres erheblichen Altersunterschieds. Auch ihr Interesse an mir, meinem Leben, meiner Familie, meinen Hobbys, meinem früheren Beruf war schon außergewöhnlich und wir hatten immer viel zu erzählen. Es war halt fast schon eine besondere Freundschaft, die sicherlich bei mir zu Hause keine Freude hervorrufen würde, wenn sie bekannt würde. Da aber kein sexueller Hintergrund gegeben war, sah ich unser Verhältnis auch nicht so schlimm an. Warum sollte ich es nicht einfach so hin- und annehmen und auch Zeit mit meiner platonischen Beziehung verbringen? Zu Hause vernachlässigte ich jedenfalls keine meiner familiären Aufgaben und Pflichten, auch nicht bei Haus und Hof. Meine Gedanken schweiften ab, waren plötzlich überall und nirgends und ich wusste, dass ich heute zu keinem Ergebnis kommen würde.

Schon über eine Woche hatten wir uns nicht gesehen, sondern nur gelegentlich Whattsapp geschrieben. Wir verabredeten uns in der Stadt und bei sonnigem Wetter fuhren wir an den Rhein zum Mittagessen. Auf der Fahrt hörten wir laut meine Rock- und Bluesmusik von der SD-Karte im Auto, sie lachte und fragte, ob ich denn auch was Aktuelles hätte. Dann überließ ich ihr das Radio, sofort fand sie den Sender Planet, den ich sonst eigentlich immer gemieden habe. Aber plötzlich gefiel es mir nach einiger Zeit auch. Wir quatschten unaufhörlich, denn es gab auch viel Neues von ihren Kindern, von ihrem Job und ihrem zu Hause. Nach einigem Suchen fand ich ein Restaurant wo wir draußen auf der Terrasse sitzen konnten, Rauchen möglich war und wir einen herrlichen Blick auf den Rhein hatten. Wir schauten uns Bilder auf dem Handy von unseren Familien an und erklärten die einzelnen Personen. So lernte ich auch ihre Verwandtschaft kennen. Wir genossen die warmen Sonnenstrahlen und machten uns nach einem Espresso dann wieder zurück auf den Weg zum Auto. Sofort startete sie wieder die Musik von Planet, griff in ihre Handtasche und gab mir mit einem Lächeln und dem Hinweis, es ja versprochen zu haben, einen Umschlag mit dem ersten Teil des Geldes zurück, dass ich ihr geliehen hatte. Ich muss ehrlich sagen, dass sie mich damit verblüffte, ich nicht damit gerechnet hatte schon etwas zurückzubekommen. Vor allem aber gab es mir das gute Gefühl, sie der damaligen Situation nicht allein gelassen zu haben und das mein Vertrauen gerechtfertigt war. Zurück in der Stadt wollte sie noch etwas einkaufen und da ich an diesem Tag und auch am

Abend alleine war, bot ich ihr an sie zu begleiten. Und so gingen wir gemeinsam shoppen. Sie dabei zu beobachten war ein Erlebnis. Sie hinterfragte alles bei den Verkäuferinnen, wollte deren Meinung zu dem Produkt wissen und dies mit ihrer eigenen lockeren und freundlichen Art, sodass sich niemand genervt fühlte. Ganz im Gegenteil, ich hatte den Eindruck dass die Verkäuferinnen ihre Fragen schätzten und nicht nur die Ware übergeben oder raussuchen mussten. Sie gab ihnen das Gefühl das ihre Meinung wichtig war. Alle lächelten sofort und oft duzten sie sich gleich. So etwas hatte ich bisher noch nicht erlebt.

Ich musste ja nicht nach Hause und Selina hatte keine Lust zu ihrer Arbeit zurückzukehren. Wir überlegten was wir denn anstellen könnten und sie machte den Vorschlag zu einer Karaoke Bar zu gehen. Noch niemals bin ich in einer solchen Bar gewesen, suchte im Handy über das Internet und fand tatsächlich eine. Schon kurze Zeit später erreichten wir die angegebene Straße, ein heruntergekommener Stadtteil, alle Wände voller Graffiti und nur eine düstere Leuchtreklame über einer Einfahrt. Ich fand einen Parkplatz und wir gingen durch die Einfahrt in einen Hinterhof und kletterten dann über eine Rampe zu einer alten verkommenen Eingangstür. Drin überraschte die Bar durch ein einfaches, aber doch irgendwie freundliches Ambiente. Zwei Asiatinnen wuselten hinter dem Tresen und sortierten Getränke in diverse Kühlschränke. Selina erinnerte sich, dass sie schon einmal hier war, kannte sich aus und ich ließ sie machen, ich brauchte mich um nichts zu kümmern. Eine Asiatin führte uns in eines der vielen Zimmer ausgestattet mit einer Couch, zwei Sesseln, einem Tisch und einem Musikcomputer. Das Mikrofon übergab sie extra, es musste nachher wieder abgegeben werden. Auf dem Tisch lag ein Buch in deutscher und asiatischer Schrift mit 1000enden von Musiktiteln. Sie erklärte noch kurz wie es funktioniert, wir bestellten noch Getränke und einen Aschenbecher, Rauchen war möglich. Selina schnappte sich sofort das Mikrofon, wählte den Titel „I'd rather go blind" von Beyoncé aus. Die Originalmusik legte instrumental verdammt laut los und der Text erschien auf dem Monitor. Jetzt merkte ich, dass sie schon oft gesungen haben musste, es war richtig professionell und hörte sich mitreißend an. Der Song war fertig und sie hielt mir das Mikrofon hin: „Jetzt Du!" Schon ewig hatte ich auch im Auto keine Titel mehr mitgesungen und so endete es in einem Fiasko.

Meine Einsätze passten nicht, die Stimmlage war falsch und wir brachen in lautes Gelächter aus. Ich gab ihr das Mikrofon zurück, wir wählten einen Titel nach dem anderen aus und ich genoss jeden einzelnen Song von ihr. Wir verlängerten noch einmal um eine Stunde und orderten weitere alkoholfreie Drinks. Die Auswahl der Titel fiel uns immer schwerer und ich nahm als Hilfestellung die Playlists von meinem Handy. Es war ein herrliches Erlebnis sie mit ihrem Timbre in der Stimme singen zu hören, ich war völlig begeistert. Wir buchten noch eine Stunde und viel zu schnell ging diese vorbei, es war schon spät und so beschlossen wir zu gehen. Ich hätte noch Stunden in der Karaoke Bar mit ihr verbringen können. Ich brachte sie in die Nähe des Clubs, da sie dort auch wohnte. Auf der Heimfahrt drehte ich das Radio laut auf, ließ die Bässe richtig wummern, rauchte bei halb geöffnetem Fenster eine Zigarette und ließ das Karaoke Erlebnis noch mal in allen Einzelheiten in meinem Kopf vorbeiziehen. Was für ein superschöner Tag. Zu Hause setzte ich mich wieder bei einem kalten Glas Weißwein auf die Terrasse. Plötzlich hatte ich ein schlechtes Gewissen so viel Spaß und Freude heute erlebt zu haben und wünschte mir, dass es meiner Frau auch gut gegangen ist. Ich zündete mir eine Kerze an und schenkte mir noch einen Weißwein nach, die Flasche war schon so gut wie leer. Ich brauchte es heute, ich hatte festgestellt, dass ich mich in Selina verliebt hatte. Ihre Arbeit im Club störte mich eigenartigerweise nicht, vielleicht da ich wusste, dass sie ihre Arbeit aufgeben wollte. Dennoch beschlich mich öfter das Gefühl sie beschützen zu wollen. Dies war aber nicht möglich und so besänftigte ich mich, dass die Security des Clubs ja immer präsent ist. Es konnte ihr also eigentlich nichts passieren. Ich holte mir eine neue Flasche Wein und dachte über mich nach. Mein ganzes Leben war strukturiert, ich war pünktlich, zuverlässig und bisher jedenfalls immer ehrlich. Ich war erfolgreich im Beruf gewesen, verstand mich auch mit den Kollegen hervorragend und war finanziell unabhängig. Jetzt aber stellte ich fest, dass das Leben noch viele weitere Facetten hatte und die waren durchaus spannend und interessant. Das Zusammenleben mit meiner Frau hatte eine gewisse Eintönigkeit erreicht, jeder Tag war mit denselben Aktivitäten durchgeplant. Nur selten machten wir etwas spontan und wenn, dann zumeist nicht unbedingt etwas Neues. Ich stellte fest, dass mir das nicht mehr reichte, sollte das jetzt bis zu meinem absehbaren Lebensende so bleiben? Ich rauchte, trank zu viel Wein und hatte plötzlich das Gefühl, dass ich in den letzten Jahren meines Lebens noch etwas anderes kennenlernen wollte. Ist das die Angst vor dem Älterwerden? Wie oft sah ich alte Ehepaare im Restaurant am Tisch sitzen, die sich nur für andere Gäste interessierten. Aber zusammen sprachen sie so gut wie gar nicht. Man hatte das Gefühl, als versuchten sie die Zeit bis zum Tod lediglich zu überbrücken. Spaß und Freude konnte ich jedenfalls nicht feststellen. Meine zweite Flasche Wein war jetzt auch schon so gut wie leer, meine Frau kam und wir unterhielten uns noch kurze Zeit über die Erlebnisse des Tages. Für mich war die Schilderung erheblich schwieriger, da ich mir ganz andere Aktivitäten einfallen lassen musste.

In den nächsten Tagen und Wochen sahen Selina und ich uns häufig, manchmal auch abends. Ich dachte, dass sie in ihrem Alter bestimmt auch gerne mal in die Disco gehen würde – das mache ich übrigens selbst auch mit Leidenschaft – und lud sie ein. Sie sah hinreißend aus mit ihren langen wilden rotbraunen Haaren, in ihrem schwarzen engen Minikleid, dem tiefen Dekolleté und dazu die passenden High Heels. Ich nahm die vielen bewundernden Blicke der Gäste rundherum wahr, die bestimmt dachten, sie wäre mit ihrem Vater unterwegs. Aber das störte mich nicht. Wir bestellten Prosecco auf Eis, prosteten uns zu, beobachteten die Tanzfläche und spielten Jury wer am besten tanzte. Sie tanzte am liebsten Batchata und zu anderer Latin Music, wackelte rhythmisch mit dem Po, bewegte sich weich und harmonisch und war mit der Musik völlig im Einklang. Mir fielen die weichen Bewegungen schwer, da ich bisher immer nur zu Rock Musik getanzt und meinen ganz eigenen Stil hatte. Als ich sie nachts nach Hause brachte stellten wir beide fest, dass es ein wunderschöner Abend gewesen ist.

Am nächsten Morgen wünschte ich ihr mit WhattsApp einen schönen Tag und machte mich dann an die Dinge, die ich für diesen Tag vorgesehen hatte. Sie schlief meistens länger als ich, aber dann chatteten wir öfter bis sie wieder arbeiten musste. Am späten Nachmittag erreichte mich eine Nachricht, ein Hilferuf mit der Bitte, doch so schnell wie möglich zu kommen. Jetzt hatte ich große Bedenken, dass doch etwas mit ihr passiert ist und antwortete, dass ich so schnell wie möglich komme. Zum Glück fiel mir ein dass ich noch etwas besorgen wollte, sprang ins Auto und raste zu ihr. Zum Glück war kein Blitzer in der Nähe, das wäre ein saftiger Strafzettel geworden.

Ich betrat den Club und sie saß gleich ganz vorne an der Bar. Sie hatte Tränen in den Augen und sah fürchterlich traurig aus. Sie hatte von zu Hause die Nachricht erhalten, dass ihr Großvater gestorben sei und den liebte sie über alles. Sie suchte meinen Trost, aber die Situation in dem Club machte eine angemessene Trauer unmöglich, obwohl die anderen Mädels auch sehr mitfühlend waren und sich um sie gekümmert hatten. Wir zogen uns in ein Zimmer zurück, ich hörte Geschichten die sie mit ihrem Großvater erlebt hatte und der immer für sie da gewesen war. Sie war froh über ihn reden zu können, ich hielt ihre Hand und bemühte mich passende, tröstende Worte zu spenden. Ich konnte verstehen das Selina sofort nach Hause wollte, um an der Beerdigung teilzunehmen zu können. Auf meinem Weg nach Hause dachte ich nur an ihre Situation. Armut und Verpflichtungen in ihrer Heimat zwangen sie ihren Job hier ausüben zu müssen. Die Verdienstmöglichkeiten im eigenen Land reichten nicht aus, um die Kinder großzuziehen und die Familie zu unterstützen. Je intensiver ich darüber nachdachte, reifte in mir eine Idee. Ich würde ihr das Geld für das Darlehen leihen und zwar zinslos und sie könnte dann alles sofort bei dem Kredithai zurückbezahlen. Nachdem sie mir schon fast alles was ich ihr damals geliehen hatte auch zurückbezahlt hatte, gab es keinen Grund an ihrer Ehrenhaftigkeit zu zweifeln. Jetzt flog sie nach Hause und konnte dies dann gleich mit erledigen.

Sie kümmerte sich am nächsten Morgen gleich um ein Flugticket und bat mich sie am folgenden Tag zum Flughafen zu bringen. Ich holte sie pünktlich ab, das Geld besorgte ich vorher bei der Bank und hatte es abgezählt in einem Kuvert in meiner Tasche. Auf dem Weg erzählte ich ihr meinen Vorschlag und sie konnte es nicht fassen. Ein Lächeln huschte über ihr Gesicht, sie freute sich sehr, aber der Tod des Großvaters überschattete verständlicherweise alles. Ich gab es ihr, sie versprach es mir wieder zurückzuzahlen so gut es eben ging. Dies war mir in diesem Moment aber gar nicht so wichtig. Wir verabschiedeten uns und sie verschwand in der Abflughalle. Ich fuhr nicht sofort nach Hause, sondern ging in der Stadt einen Kaffee trinken, wo ich draußen sitzen und auch rauchen konnte. Ich erwischte einen freien Tisch inmitten vieler anderer, diese waren alle besetzt von jungen Leuten die frühstückten. Als ich endlich saß, wünschte ich ihr zuerst per Whatsapp einen guten Flug und eine sichere Reise. Sie antwortete sofort und bedankte sich. Dann chatteten wir noch eine Weile bis ihr Boarding begann. Ich wusste sie jetzt erst einmal sicher aufgehoben und ich dachte über unsere vielen Gespräche und Erlebnisse nach, es war eine echt vertraute Beziehung geworden. Von den Bildern kannte ich ihre Familie, einen Teil der Verwandtschaft und es hatte ihr richtig Freude gemacht, mir sie alle vorzustellen. So viele Details konnte ich natürlich gar nicht behalten, aber ich bemühte mich alles, was sie von ihren Kindern und den Eltern erzählt hatte, im Gedächtnis zu haben. Sie sprach mit mir auch, dass es ihr Traum sei ein eigenes Haus zu haben, das kleine Grundstück dazu besaß sie ja aus ihrer geschiedenen Ehe. Auf ihrem Handy hatte sie mir Bilder von einem Musterhaus gezeigt und sprach über Baukosten von rd. 80.000 EUR. Dafür wollte sie noch weiterarbeiten, allerdings waren die notwendigen Einnahmen in der jetzigen Zeit jedenfalls nicht gegeben. Das Geschäft lief schlecht bis schleppend, dies war in früheren Zeiten sehr viel besser. Die Gäste waren früher großzügiger, während sie heute offensichtlich sparsamer geworden waren. Ich begann nach Möglichkeiten zu suchen wie ich ihr helfen konnte. Die Gäste um mich herum an den Tischen wechselten ständig und ich beobachtete die

Passanten. Die meisten waren in Eile und trugen große Taschen mit ihren Einkäufen. Immer wieder kamen meine Gedanken zu meiner Frau und der Familie zurück und ich war innerlich total zerrissen. Einerseits würde ich mit der Unterstützung von Selina beginnen meine Familie weiter zu hintergehen, auf der anderen Seite trug ich die Gewissheit in mir, dass sie es aus eigener Kraft niemals schaffen würde. Zudem dachte ich an ihre Arbeit und daran, was sie sicher schon alles hatte mitmachen müssen. Mir wurde immer deutlicher und klarer, dass ich mich verliebt hatte. Und es gab niemand mit dem ich hätte darüber sprechen oder mir einen Rat einholen können. Nach meinen vielen Gedanken, mehreren Kaffee und noch einigen Cola Zero war es an der Zeit nach Hause zu fahren. Ich drehte das Radio voll auf und sang laut so gut es ging mit. Karaoke für mich alleine, zum Glück musste das Gekrächze keiner hören.

Nachmittag. Selina schickte eine Whatsapp dass sie gut angekommen sei, jetzt war ich beruhigt. Da wir nicht telefonieren konnten, ihre Eltern sollten nichts von mir und meine Familie nichts von ihr wissen, bestand die Kommunikation nur aus unseren geschrieben Nachrichten. Selina wollte ungefähr eine Woche zu Hause bleiben. Ein good night, good morning jeden Tag, verbunden mit guten Wünschen und wir hielten uns tagsüber über unsere Erlebnisse immer auf dem Laufenden. Niemand schöpfte Verdacht, ich war im Gegensatz zu vorher ja jetzt auch ständig zu Hause. Zeit um über Vieles nachzudenken. Wie sie mir erzählt hatte verursachten die Silikon Inlays in ihrer Brust Schmerzen und es bestand laut Auskunft des Arztes die akute Gefahr dass sie undicht werden. Einen kurzfristigen Termin für eine Operation konnte sie nicht bekommen, es musste also etwas längerfristig geplant werden. Sie hatte auch nicht das Geld um die privat zu zahlende Operation durchführen zu lassen. Bei mir zu Hause mangelte es uns allen in der jetzigen Zeit an nichts. Als ich meine Frau kennenlernte, konnte ich kaum etwas mit in die Ehe einbringen, außer ein paar Möbeln und Sachen aus meinem Elternhaus. Finanziell hatte ich, da ich noch in Ausbildung war und wir sehr früh geheiratet haben, nichts zu bieten. Trotzdem gelang es mir im Laufe der Zeit durch mein berufliches Engagement eine solide Grundlage zu aufzubauen. Dann machte ich mich selbstständig und war zum Glück erfolgreich, da ich auf mich und meine Freizeit keine Rücksicht nahm. Kein Weg war zu weit um Aufträge zu vermitteln, sodass ich irgendwann bundesweit tätig war. Unser Sohn hatte mein Geschäft übernommen und war bestens versorgt. Seine Frau war ähnlich wie ich damals mittellos zu uns gekommen. Sie gewöhnte sich aber meiner Auffassung nach zu schnell an das sorgenfreie Leben und genoss den Wohlstand in vollen Zügen. Ihre Ansprüche stiegen unaufhaltsam,   die Hotels im Urlaub mussten bald mindestens 5 Sterne haben und eine nicht enden wollende Paketflut überrollte unser Haus. Meistens klingelten die Paketboten an unserer Haustür, sodass wir die vielen Lieferungen hautnah mitbekamen. Natürlich war nicht alles für sie, das meiste war für unsere Enkel bestimmt. Aber so schnell die Spielsachen kamen, so schnell waren sie auch wieder uninteressant, denn es wartete immer Neues auf sie. Nicht das ich ihr und unseren Enkeln das nicht gönnen würde, aber ich kam und komme nicht damit zurecht diesen Überfluss zu erleben und das alles so selbstverständlich zu sehen. Obwohl es sicherlich unangebracht ist begann ich Selina und meine Schwiegertochter zu vergleichen. Selina hatte niemand der sich um sie oder ihre Situation kümmerte, dennoch zeigte sie anderen gegenüber immer Wärme und Güte. Kaum ein Bettler an der Straße blieb ohne Euro und keine Bedienung ohne

Trinkgeld. Sie dachte immer auch an die, die noch weniger hatten als sie. Ich machte mir laufend Gedanken, ob ich Selina weiter helfen sollte oder nicht. Außerdem besaß sie noch keinen Führerschein und der ist für eine Frau ihres Alters dringend erforderlich. Ich überlegte, ob ich ihr dies nicht einfach schenken sollte, sie selbst würde sehr lange brauchen um sich dies leisten zu können. Ich wunderte mich über meine schon übertriebene Fürsorge. Schließlich gehörte sie nicht zu meiner Familie und es bestanden ihr gegenüber keine Verpflichtungen. Mit Sicherheit hätte meine Familie dafür kein Verständnis. Auf unseren Urlaubsreisen hatte ich viele arme Länder und deren Einwohner kennengelernt. Es ist nicht möglich allen zu helfen, wir selbst haben dazu bisher nur zu einem winzigen Teil durch Kleider- und Geldspenden beitragen können. Dieser Fall war jedoch ganz anders. Ich erlebte die finanziellen Probleme durch Selinas Schilderungen hautnah mit. Ihre Arbeit hatte sie sich nicht ausgesucht, es war notwendig zum Überleben und niemand zu Hause durfte davon wissen. Alle glaubten, sie arbeitete als Bedienung in einem Restaurant. Dies trifft übrigens auch für viele der Mädels zu, die Familien wissen oft nichts von deren wirklicher Tätigkeit. Abendelang dachte ich bei meiner Flasche Wein darüber nach. Ich hatte sie lieb gewonnen, aber wir hatten vereinbart, dass ich ihre Intimsphäre zu Hause nicht verletze und sie nicht meine. Das war ja auch nur richtig, da ich niemals im Sinn hatte mich in meinem jetzigen Alter mit einer etwa halb so alten, jungen Frau zu liieren. Ganz im Gegenteil, sie stellte mit netten Worten öfter fest, dass ich für sie viel zu alt sei. Zudem fühlte ich mich in meiner Familie eigentlich sehr wohl und wollte auch meine Frau auf keinen Fall verlassen, ich liebte und schätzte sie sehr. Dennoch hatte ich auch Empfindungen für Selina, sie stellte niemals Wünsche oder Forderungen an mich, auch nicht in finanzieller Hinsicht, das hätte mir dann schon zu denken gegeben. Aber da dies nicht gegeben war, konnte ich stressfrei mit mir selbst darüber beratschlagen, ob und wie ich ihr helfen sollte. Nach vielen Erwägungen kam ich letztendlich zu dem Ergebnis, dass ich ihr die Kosten für die Operation und den Führerschein schenken würde. Damit trug ich etwas zu ihrer Gesundheit bei und es stiegen ihre beruflichen Chancen. Sie konnte von keiner anderen Seite Hilfe erwarten, dies war unter den gegebenen Umständen einfach nicht möglich. Ich vertraute ihr und hatte niemals einen Grund an ihr zu zweifeln. Auch fühlte ich mich noch nicht vom Leben so verbraucht um nur noch gelangweilt auf mein Ende zu warten, ich wollte noch etwas bewegen.

Selina kam zurück und ich holte sie vom Flughafen ab. Das Begräbnis ihres Großvaters hatte sie sehr mitgenommen und so sprachen wir relativ wenig, ich fühlte, dass sie dazu keine große Lust hatte. Mit gedämpfter Musik ganz anders wie sonst fuhren wir zu dem Club. Sie tat mir sehr leid und ich fühlte mit ihr, kannte ich sie doch so ganz anders. Ich versprach ihr mich in Kürze wieder zu melden und bot ihr an, jederzeit für sie da zu sein. Ich hoffte, dass es ihr damit etwas besser ging und später würde ich ihr von meiner Entscheidung zu Operation und Führerschein erzählen. Ich war froh dass es Whattsapp gab und wir uns dauernd austauschen konnten. Einige Tage später trafen wir uns und machten einen Ausflug an den Main. Es war warm, die Sonne schien, es war herrliches Wetter und sie fühlte sich auch inzwischen wesentlich besser. Wir fanden ein kleines kuscheliges Restaurant und bestellten etwas Leckeres zu essen. Sie wunderte sich das ich dazu trotz Autofahren einen Weißwein bestellte, in ihrem Heimatland gelten im Straßenverkehr 0,0% Alkohol. Sie selbst trank so gut wie keinen Alkohol, meist nur stilles Wasser oder gelegentlich mal einen Saft. Während wir auf das Essen warteten erzählten wir ausgiebig, sie was sie zu Hause erlebt hatte und wie die Beerdigung verlaufen war. Sie war glücklich Ihre Verwandtschaft nach langer Zeit so zahlreich wiedergesehen zu haben, allerdings war ja der Anlass ein besonders trauriger. Ich erzählte ihr dann von meinem Entschluss den ich in ihrer Abwesenheit gefasst hatte. Zunächst ungläubig freute sie sich aber sehr darüber und sagte mir, dass sie dies nicht alles zurückzahlen könne. Ich beschwichtigte sie und versprach ihr, dass dies ein Geschenk sei. Außerdem würde es einige Zeit dauern bis sie das auf den Weg gebracht hätte und so entstanden die Kosten ja nicht sofort alle auf einmal. Und wir hatten ja keine Eile, zumindest nicht wegen des Führerscheins. Dies war wegen der Operation natürlich anders, wenn sie sich jetzt darum kümmern würde, rechnete sie mit einer Wartezeit von einigen Monaten, denn sie wollte sie zu Hause durchführen lassen. Ich selbst freute mich über ihr Vertrauen zu mir, das ich meine Zusage auch einhalten würde. Wir sprachen aber auch über ihre Zukunft, ihre Ziele und Wünsche. Sie wollte auf jeden Fall zurück in ihre Heimatstadt, um dort mit ihren Kindern zu leben und etwas Normales zu arbeiten. Nachteilig war, dass sie keine abgeschlossene Berufsausbildung hatte, diese konnten ihr ihre Eltern nicht ermöglichen. Sie besaß, wie schon erwähnt, noch das Baugrundstück in ihrer Heimatstadt und wünschte sich nichts sehnlicher als dort einmal ein Haus zu bauen, da sie nicht in der kleinen Wohnung der Eltern mit ihren Kindern leben konnte. Eine waghalsige Vision unter den gegebenen Umständen. In ihrer freien Zeit hatte sie sich schon einmal mit Häusern beschäftigt und zeigte mir begeistert wieder die Bilder von dem hübschen kleinen Haus aus dem Prospekt auf ihrem Handy. Über eine Finanzierung hatte sie noch nicht konkret nachgedacht, wusste aber, dass ihr keine Bank ein Hypothekendarlehen ohne feste offizielle Arbeitsstelle und entsprechendes Einkommen geben würde. Dies konnte ich gut nachvollziehen, dies wäre bei uns in Deutschland nicht anders. Wir diskutierten noch lange über ihren Hauswunsch. Da wir uns wie immer meist in Englisch unterhielten, musste ich ständig auf meinem Handy nach den Übersetzungen von bestimmten Wörtern suchen, diese hatte ich für Haus und Finanzierung nicht parat. Nach einem Eis als Dessert fuhren wir zurück und ich setzte sie am Club wie immer so ab, dass wir nicht gesehen werden konnten. Ich konnte es mir selbst nicht erklären, aber diese Hausgeschichte ließ mich nicht mehr los. Ich schloss die Haustür auf und danach wie schon in all den letzten Tagen schnappte ich mir eine Flasche Wein, setzte mich auf die Terrasse, wärmte mich in den letzten Sonnenstrahlen der untergehenden Sonne, als es dann leicht zu regnen begann. Bis meine Frau nach Hause kam verging noch einige Zeit, um über Selina und ihre Erzählungen nachzudenken und den kalten Weißwein zu genießen.

Einige Tage später. Mit Selina war ich durch Whattsapp ständig in Kontakt. Ich erinnerte mich an einige ihrer Freundinnen, die ich im Laufe der Zeit sogar in deren Wohnung kennengelernt hatte. Alle gingen der gleichen Arbeit nach und waren auch aus dem gleichen Heimatland. Sie akzeptierten meine Anwesenheit natürlich nur als Freund von Selina. Sie bereiteten immer sofort frischen Kaffee und ich erhielt kleine Einblicke in das normale Leben von einigen der Mädels. Obwohl sie einen freundlichen und fröhlichen Eindruck machten, hatten sie häufig krasse Problemfälle zu Hause. Armut oder Krankheiten in der Familie deren Behandlung privat gezahlt werden musste oder sie benötigten Geld für ihre Kinder, die zu Hause von der Familie versorgt wurden. Dort eine normale Arbeit zu finden, die ihnen die notwendigen Einnahmen für all das sicherstellten, war allem Anschein nach nicht möglich. Entweder verfügten sie über keine Berufsausbildung oder noch nicht mal einen Schulabschluss. Mein Bild, das ich mein Leben lang von diesen Mädels gehabt hatte, änderte sich vollständig. Ich war immer der Auffassung es ging nur um das schnelle Geld, habe aber die Not und die besonderen Ursachen nie so gesehen. Sie waren in der Verantwortung für ihre Familie und bereit, dafür ihre Körper zu verkaufen. Die einzige Chance die sie hatten und niemand in ihrem Heimatland durfte davon wissen. Angeblich arbeiteten sie alle als Bedienung in einem Restaurant oder als Verkäuferin. Diese psychische Belastung führte dann in manchen Fällen bis zu Depressionen oder Panikattacken, die dann durch Medikamente oder Drogen unterdrückt wurden. Natürlich gab es auch fröhliche Momente und nette Gäste, die daraus resultierende Stimmung hielt allerdings nur kurze Zeit an. Spätestens wenn die Mädels nach der Schicht in ihrem winzig kleinen Zimmer oft zu mehreren schlafen gingen, lief das Erlebte vor ihren Augen ab und sie dachten über ihre aussichtslose Zukunft nach. Mir brach es fast das Herz, dies von jungen, netten, attraktiven Frauen hören zu müssen. In

Deutschland werden wir in den meisten Fällen immer gut von einem sozialen Netz in irgendeiner Form aufgefangen und das wurde mir in dieser Intensität erst jetzt bewusst. Nun war ich schon so alt geworden und lernte ständig Neues hinzu.

Eines Nachts schaute ich noch lange Fernsehen und es kam eine Werbung für einen Sexchat. Jetzt hatte ich schon so viel über dieses Gewerbe mitbekommen, aber damit hatte ich noch nie zu tun. Es interessierte mich plötzlich auch hierüber etwas zu erfahren, schließlich verfügte ich ja jetzt über einige einschlägige Erfahrungen und meldete mich bei diesem Chat an. Wie sich jeder gut vorstellen kann, kam ich relativ einfach in Kontakt mit einigen Mädels. Die erste Frage war immer wie es mir geht und welche sexuellen Vorlieben ich hätte. Nur wenige hatten eine andere Ansprache an mich. Nachdem ich mit mehreren gechattet hatte, lernte ich aus den geschriebenen Worten, gerade was die Rechtschreibung oder die Formulierung angeht, zumindest näherungsweise Rückschlüsse auf das jeweilige Mädel zu ziehen. Auch die Bilder die ich anschauen konnte gaben etwas Aufschluss über die Person, manche zeigten sich sehr vulgär und mit unvorstellbarer Schamlosigkeit, sodass ich regelrecht schockiert war, andere waren frivol charmant mit einem

Touch Sex. Ich chattete immer öfter und im Laufe von mehreren Wochen blieben eigentlich nur drei Mädels übrig, mit denen sich eine für mich vorher nicht vorstellbare Verbindung entwickelte. Nächtelang saß ich am Computer und unterhielt mich mit ihnen. Alle waren sehr hübsch und niemand hätte vermutet, dass sie auch einer Arbeit in diesem Sexchat nachgingen. Alle drei waren überrascht, dass ich Ihnen in unserem Gespräch ganz normale Fragen stellte. Wie geht's dir? Ist dies dein einziger Job? Macht es dir nichts aus dich so zu präsentieren, und und und. Sie waren überrascht wegen meiner Fragen, die sich von den sonst üblichen Chats erheblich unterschieden. Glücklicherweise wurde ich nie gefragt wie alt ich sei, ich bin sicher, ich hätte gelogen und mich erheblich jünger gemacht. Im Laufe der Zeit wurde der Kontakt immer intensiver, nicht alle waren zu gleicher Zeit im Chat aktiv, sodass genügend Zeit für jede einzelne blieb. Soweit es mir überhaupt möglich war es zu beurteilen, baute sich meiner Meinung nach ein gewisses Vertrauensverhältnis auf. Zudem hatten auch sie Freude daran, dass wir uns normal oder ernsthaft unterhalten konnten und die sonst übliche sexuelle Begierde oder Dirty Talk nicht angesagt war. Die eine erzählte von ihrer Arbeit als Sprechstundenhilfe und ihren Erlebnissen mit den Patienten, ob sie abends in die Disco ging, welchen Film sie sich im Kino ansehen wollte, aber auch über ihren Freund, wenn sie sich über ihn geärgert hatte. Manchmal fragte sie mich nach meiner Meinung und ich versuchte ihr dann natürlich einen Rat zu geben. Meine zweite Chatpartnerin war als Sekretärin tätig und genoss das Leben in vollen Zügen. Sie war nicht liiert und viel unterwegs, suchte noch den richtigen Partner. Das sich dies so schwierig gestaltete war für mich unverständlich, sie sah bildhübsch aus, wurde aber immer nur übel und eindeutig angemacht. Ich bekam bei den Erzählungen ein komisches Gefühl. Waren wirklich alle Männer so unverschämt, direkt, anmaßend und einfach nur geil? Ich konnte es mir bis dahin überhaupt nicht so vorstellen. Meine dritte Chatpartnerin stammte aus einer bürgerlichen Familie und hatte einfach Spaß an diesem Sexchat. Sie war groß, blond, hatte lange Beine und auch ungewöhnlich hübsch. Einer geregelten Arbeit ging sie nicht nach. Von zu Hause aus war sie gut situiert, ihre Einnahmen verwendete sie für ausgefallene Abenteuerurlaube in Südamerika, sehr viel für Kosmetik und Kleidung. Auch sie hatte keinen Freund, was bei ihrem Aussehen ebenfalls für mich nicht nachvollziehbar war. Vielleicht lag es aber auch gerade daran, die Männer hatten vor ihr Angst und glaubten mit ihr nicht mithalten zu können. Aber das war nur eine Vermutung von mir. Wir erzählten viel über unsere Urlaubsziele, unsere Erlebnisse und wir chatteten auch, wenn sie unterwegs in Urlaub war. Sie berichtete von dem Geschehen der letzten Tage und es war ein fast schon vertrautes Verhältnis. Hörte ich einige Zeit nichts von ihr, schrieb sie mir dann, dass es keinen Internetanschluss gegeben hätte und ich solle mir keine Sorgen machen. Mit allen dreien war es im Laufe der Zeit üblich, dass wir uns ein schönes Wochenende und einen super Wochenanfang wünschten. Es war eine wahnsinnig interessante Zeit für mich, ich hätte mir so etwas niemals vorstellen können. Und es bestätigte meine neu gewonnenen Erkenntnisse, dass auch die Damen in diesem Gewerbe nicht immer der allgemein herrschenden Meinung entsprechen. Allerdings war meine Frau verständlicherweise sauer, weil ich so viel Zeit, insbesondere auch gerade nachts, am Computer verbrachte. Natürlich ahnte sie etwas und fragte häufig warum ich nicht ins Bett komme. Ich ließ mir dann eine Ausrede einfallen, die aber nicht glaubwürdig sein konnte. Sie wusste, dass ich irgendetwas Anrüchiges am PC machte und sie es nicht mitbekommen sollte. Ich wollte nicht noch mehr Schwierigkeiten und auch die Kosten für die Chats waren erheblich. Schließlich waren seit meiner Anmeldung schon mehrere Monate vergangen und für jede meine Nachrichten musste ich zahlen. Daher verabschiedete ich mich bei meinen Chatpartnerinnen mit netten Worten und wünschte Ihnen für die Zukunft viel Glück. Zwei waren tatsächlich traurig über meinen Entschluss, konnten mich aber verstehen. Die dritte war regelrecht sauer und meinte, dass ich mich auf diese Weise nicht einfach verabschieden könne. Aber meine Entscheidung die Chats zu beenden konnte es dennoch nicht beeinflussen. Ich hatte viel gelernt und die Erfahrung gemacht, dass man auch in einem Sexchat nicht nur über Sex reden kann, sondern dass es auch Partnerinnen für Gespräche ohne solchen Hintergrund gibt.

Selbst in der Zeit dieser Chats vernachlässigte ich Selina nicht, ich erzählte ihr aber auch nichts davon. Mir ging ihr Bauprojekt nicht aus dem Kopf und ich fragte sie, wie sie es sich denn konkret vorstellen würde. Sie hatte bisher nur die Bilder die sie mir gezeigt hatte und erfahren, dass es höchstens 100.000,- EUR kosten würde, wahrscheinlich aber weniger. Meiner Meinung nach war dies ausgesprochen günstig, allerdings hatte ich auch keine Ahnung über die bulgarischen Baupreise. Mich faszinierte ihr Vorhaben und es ließ mich nicht mehr los. Sie wurde schon ganz unruhig und wollte wissen, warum ich denn ständig so detailliert nachfragen würde. Nächtelang ging es mir durch den Kopf. Ich wusste, dass sie es nicht normal wie hier in Deutschland finanzieren konnte. Meine Überlegungen gingen dahin ihr das Geld zu leihen und sie konnte es mir ja dann irgendwann zumindest teilweise zurückgeben. Von meinem Plan ahnte sie zunächst nichts, ich wollte keine Hoffnungen wecken ohne sie nachher erfüllen zu können. Meine Ideen, die ich zu Hause vorgetragen hatte, fanden keine Zustimmung. Sei es der Kauf eines neuen Autos für meine Frau, den Kauf des Nachbarhauses weil der Eigentümer wegzog, die Anschaffung eines neuen Motorrades, eines Wohnmobils und vieles mehr. Ich war darüber sehr traurig und vielleicht auch aus diesem Grund stand ich dem Projekt so aufgeschlossen gegenüber.

Selina wollte nach Hause zu ihren Kindern und der Familie. Kurz bevor sie zurückflog, erzählte ich ihr von meinem Vorschlag und sie war, was sonst nicht vorkam, sprachlos. Sie hatte jetzt einige Zeit und die Möglichkeit darüber nachzudenken, sowie nähere Erkundigungen einzuholen. Ich hatte auch noch mal Bedenkzeit und beschäftigte mich weiter intensiv damit. Wie so oft rauchte ich auf der Terrasse und trank meinen Weißwein. Aus einem mir zu dieser Zeit nicht nachvollbaren Grund entschied ich mich an diesem Abend ihr zu helfen. Im Radio spielte der Song von Johannes Oerding „ Wenn Du lebst" und darin gibt es einen Refrain: „Das alles gibt es nur …. Wenn Du lebst …. Wenn Du über Grenzen gehst" und ich wusste, das ich jetzt über Grenzen gehen würde. Der Song beflügelte und bestärkte mich in meiner Entscheidung. Ich fühlte mich verständlicherweise sehr allein, konnte ich doch mit niemand darüber sprechen und mir keinen Rat einholen, auch mit den Freunden nicht. Als Selina eine Woche später zurückkam, trafen wir uns in einem ruhigen, etwas abgelegenen Cafe und sprachen bei einem Stück leckeren Käsekuchen noch einmal ganz in Ruhe über das Bauvorhaben und wie es laufen könnte. Sie ging zwar hier ihrer Arbeit nach, wollte diese aber so bald wie möglich beenden und sich zu Hause eine Arbeit suchen, was sich, wie schon erwähnt, sehr schwierig gestalten würde. Aus diesem Grund sagte sie mir zwar zu, dass sie grundsätzlich etwas zurückzahlen wolle, aber keine Versprechungen machen kann. Diese Offenheit war erstaunlich und machte mir die ganze Sache noch sympathischer. Ich stimmte zu und versprach ihr, dass wir dies gemeinsam hinkriegen würden. Es würde bis zur Fertigstellung des Hauses eine ganze Zeit dauern und ich erhoffte einen großen Teil aus meinen laufenden Einnahmen finanzieren zu können.

Kurze Zeit später flog sie wieder zurück um für den Baubeginn alles zu regeln. Tatsächlich konnte man mit den Arbeiten kurzfristig beginnen und so starteten der Aushub und das Verlegen der Kanalisation. Sie kam zurück nach Deutschland und während sie hier arbeitete, kümmerte sich die Familie um die Arbeiter und die Baustelle. Es wurde Herbst und viel weiter würde man mit den Bauarbeiten auch nicht kommen bevor der Winter einbrach. So wie sie erzählte, herrschte dort gerade zur Winterzeit strenger Frost was weitere Bauarbeiten unmöglich machte. Erst im Frühjahr konnte man dann wieder beginnen. Der Winter brach herein und Weihnachten stand vor der Tür. Sie flog nach Hause und schickte mir die ersten Bilder wie sich das Grundstück verändert hatte. Wir hatten vereinbart, dass sie ein Konto eröffnet und ich ihr dann je nach Baufortschritt das notwendige Geld schicke. Sie verließ sich voll auf meine Zusage und ich betrachtete dieses Vertrauen auch als etwas ganz Besonderes. Nach Sylvester kam sie wieder zurück und hatte viel von der Baustelle zu erzählen. Mir machte es Spaß wie sie sich engagierte und regelrecht aufblühte. Ihre Hoffnungslosigkeit war wie verflogen.

Es wurde Frühjahr und die Arbeiten dort konnten wieder beginnen. Wie sie von zu Hause hörte, gab es – wie bei jedem Bau – Probleme, die es zu lösen galt. Diese diskutierten wir wenn wir uns trafen und wenn sie meine Fragen nicht beantworten konnte, telefonierte und erkundigte sie sich zu Hause. Dies war natürlich sehr kompliziert und oft ein Verständnisproblem, da sie sich ja am Bau nicht auskannte und wir zudem noch alles in englischer Sprache klären mussten. Insofern beschlossen wir, dass sie mit ihrer Arbeit hier aufhörte und nach Hause flog um dort zu bleiben. Dann hätte sie auch genügend Zeit sich um alles zu kümmern und wir beide konnten Fragen telefonisch oder mit Whattsapp klären. Die Bauarbeiten schritten voran und ich bemerkte nach einiger Zeit, dass wir mit den geschätzten Kosten niemals hinkommen würden. Wir diskutierten lange und ausgiebig darüber. Mich beschlich ein seltsames Gefühl und ich dachte in diesem Fall bei einer Flasche Rotwein intensiv nach. Es war nicht meine Absicht meine ganzen liquiden Mittel für dieses Haus zu opfern und sie hatte sich mit den Baukosten erheblich verschätzt. Ich selbst machte mir den Vorwurf, dies trotz meiner kaufmännischen Fähigkeiten nicht exakter hinterfragt zu haben. Was sollte ich jetzt machen? Die Zahlungen einstellen und eine Bauruine hinterlassen? Oder meine Zusage erheblich überschreiten? Konnte ich weiter helfen ohne dass meine Familie Wind davon bekam? Sollte ich meiner Familie reinen Wein einschenken? Ich befand mich in einer Zwickmühle und dort wollte ich eigentlich niemals hin. Mein ganzes Leben hatte ich gearbeitet und gespart, um im Alter sorgenfrei leben zu können. Eine echte Zerreißprobe, die mir schlaflose Nächte bescherte und mich viele Flaschen Rotwein kostete, auf die ich jetzt umgestiegen war. Dann stand mein Entschluss fest, ich würde ihr weiterhelfen und meiner Familie nichts davon sagen, sie wäre damit niemals einverstanden. Keinesfalls sollte aber die bisherige Investition umsonst gewesen sein. Aus eigenen Mitteln würde sie es nie fertigstellen können und die Bauruine ständig daran erinnern. Zudem war ich es gewohnt meine Engagements zu Ende zu bringen und nicht mittendrin aufzuhören. Das typische Bild für mein

Sternzeichen. Und so schritt der Bau voran und ich bemühte mich mit meinen finanziellen Möglichkeiten ihr weiter die erforderlichen Zahlungen zu leisten. Schon bald kündigte ich Lebensversicherungen und Festgeldkonten. Sie schickte mir Bilder über den Baufortschritt und diese konnten mich wieder besänftigen. Wir planten gemeinsam beim Ausbau über verschiedene Materialien und was besser aussehen würde. Einige Male besorgte ich es dann hier in Deutschland, weil es viel billiger war als dort und schickte es ihr dann zu. Wenn sie mir dann begeistert die Bilder von der Fertigstellung schickte, konnte ich mich gemeinsam mit ihr darüber freuen und an dem Baufortschritt teilhaben. Und schon wieder stand die Winterzeit unmittelbar bevor, das Haus war noch nicht fertiggestellt, dazu waren noch einige Monate erforderlich. Selina war seit unserem Abschied damals zu Hause, sodass ich auch für ihren Lebensunterhalt aufkam. Unsere Fernbeziehung war zum einen Realität, zum anderen aber kaum nachvollziehbar. Ich musste aufpassen, um nicht bei allen anfallenden Kosten den Überblick zu verlieren. Manches, wie z.B. Kleidung für ihre Kinder, konnte ich hier in Deutschland besser und günstiger besorgen. Daher entwickelten wir unser

SPS Verfahren (Smart Phone Shopping). Sie schickte mir Bilder von den Sachen die benötigt wurden. Dann vereinbarten wir einen Termin an dem ich in die Stadt zum Einkaufen gehen konnte und sie war zu dieser Zeit online. In dem jeweiligen Geschäft mussten mir die Verkäuferinnen bei der Suche häufig helfen, aber sie unterstützten mich mit Freude und wir lachten viel zusammen. So eine Art Einkauf war auch für sie etwas Neues. Wenn ich glaubte das Passende gefunden zu haben, machte ich ein Foto und schickte ihr das Bild. Sie konnte sich dann entscheiden, ob es das Richtige war und auch gefällt, die jeweilige Größe hatte ich im Kopf. Diese Vorgehensweise erforderte zwar mehr Zeit beim Einkauf, aber so konnten wir bei der Auswahl sicher sein.

Im Frühjahr als die Bauarbeiten fortgesetzt wurden, musste ich mir Geld von meinem Sohn und einem Freund leihen. Natürlich wurde ich gefragt aus welchem Grund ich plötzlich Geld benötigte und es war sehr schwierig, dies geschickt zu umgehen. Von meinem Engagement und Selina hatte bisher noch niemand etwas bemerkt, meine Familie schenkte mir wie immer grenzenloses Vertrauen. Selina kümmerte sich weiterhin um Bau und Einrichtung, blieb zu Hause und das Projekt nahm weiter seinen Lauf. Auch jetzt beschaffte ich einiges für den Bau von hier und schickte es ihr dann zu. Ich hoffte auf eine baldige Fertigstellung und machte mir Hoffnung, dass die Überweisungen bald ein Ende haben würden. Selina und ihre Kinder hatten dann etwas für sich und einen Grundstock für das weitere Leben. Irgendwie war mir dies sehr wichtig obwohl ich nichts davon hatte, aber warum das so war, konnte ich mir nicht erklären. Ich dachte sehr oft darüber nach, kam aber zu keinem schlüssigen Ergebnis. Zuneigung alleine reicht dafür wohl sicher nicht aus.

Eines Tages schrieb sie mir, sie wolle nach Deutschland kommen und mit mir etwas Wichtiges besprechen. Einen näheren Grund verriet sie mir nicht. Ich freute mich sehr, denn wir hatten uns lange Zeit nicht gesehen und war gespannt, was sie denn mit mir zu bereden hatte. Bei ihrer Ankunft am Flughafen begrüßten wir uns sehr zurückhaltend, da sich unter den Fluggästen einige Bekannte aus ihrer Heimatstadt befanden. Und die sollten von mir nichts mitbekommen um lästige Fragen zu vermeiden. Schließlich wussten weder ihre Familie noch sonst irgendjemand von unserer Beziehung. Ihren Eltern hatte sie nur das Notwendigste erzählt und weitere Fragen hatte sie nicht beantwortet. Sie hatten das dann eben so hingenommen und wussten, dass sie keine weiteren Informationen bekommen würden. Ich hatte Selina ein kleines Zimmer in einem Hotel in der City gebucht und wir starteten dorthin. Nachdem sie ihr Zimmer bezogen und den Koffer abgestellt hatte, gingen wir einen Kaffee trinken, zum Mittagessen war es noch zu früh. Es war schon warm und so suchten wir uns einen Platz in einem Cafe zum draußen sitzen. Wir hatten beide Hunger da wir nicht gefrühstückt hatten und bestellten Kaffee und Sandwich. Der kleine runde Tisch reichte gerade so für das Geschirr aus, wir hatten ihn extra ausgesucht, da er etwas abseits stand und uns niemand ohne weiteres zuhören konnte. Sie berichtete, dass das Haus bald soweit fertig sei und sie sich gerade mit der Einrichtung beschäftigt. Vieles war bereits bestellt und sie wartete auf Lieferung oder Einbau. In einigen Wochen werde sie endlich einziehen können. Ich war happy das zu hören und freute mich mit ihr über die neuen Bilder, die sie mir mitgebracht hatte.

Und dann erzählte sie mir von ihrer Idee. Sie hatte von einem bekannten Makler zu Hause gehört, dass der untere Teil eines Gebäudes in der Stadt zu verkaufen war, der jetzige Eigentümer benötigte dringend Geld. Darin befand sich ein Laden, den sie als Boutique nutzen könnte. Ich wusste ja, dass ihre Verdienstmöglichkeiten als Angestellte schon wegen ihrer mangelnden Ausbildung und ohne Schulabschluss sehr eingeschränkt waren. Auch war es schwer überhaupt einen Job zu finden. Interessiert hörte ich ihr weiter zu. Sie hatte feste Vorstellungen, wollte sich auf schicke Abendgarderobe und ausgefallene andere Kleidungsstücke beschränken. Sowohl von ihrer Persönlichkeit, ihrer sympathischen Art und ihrem Geschmack traute ich ihr dies ohne weiteres auch zu. Solange die Verkaufspreise einigermaßen vertretbar waren, könnte der Laden eigentlich zufriedenstellend laufen. Es bedurfte natürlich einer gewissen Anlaufzeit. Einen vergleichbaren Shop mit einem solchen Angebot gab es in ihrer Heimatstadt nicht. Der Verkaufspreis für den Laden lag bei rd. 30.000,- EUR und es musste nicht viel renoviert werden. Das hörte sich alles sehr interessant und vielversprechend an. Wir diskutierten ihre Idee ausgiebig, insbesondere natürlich auch die dann notwendige Beschaffung der Ware. Ich fand ihre Idee super, allerdings waren meine Geldmittel inzwischen schon fast vollständig verbraucht. Das musste ich mir in Ruhe überlegen, ich wusste in dem Moment nicht, wie ich dies noch finanzieren sollte. Wir brachen auf und gingen zusammen noch etwas einkaufen das sie zu Hause dringend benötigte, aber dort nicht bekommen konnte. Am Nachmittag gingen wir essen, nachdem wir die Einkäufe zurück ins Hotel gebracht hatten. Wir sprachen nicht mehr von dem Shop, sondern sie erzählte mir viel von ihrer Familie und ihren Aktivitäten. Gefühle und Empfindungen konnte sie dieses Mal nicht so zum Ausdruck bringen und ich sprach sie direkt darauf an. Die Bauzeit war an ihr nicht spurlos vorüber gegangen und sie wirkte schon etwas erschöpft. Der Stress hatte sie echt mitgenommen, zudem war es bei ihr zu Hause nicht üblich über so etwas zu reden und sie hatte außer mir keinen anderen Gesprächspartner. Der tägliche Kampf um ein auskömmliches Leben hatte die Menschen dort hart gemacht und das war auch an ihr nicht spurlos vorüber gegangen. Es wurde Abend und Selina war müde, da sie morgens schon sehr früh aufgestanden war. Auch ich musste wieder mal nach Hause und so brachte ich sie ins Hotel. Auf der Heimfahrt hörte ich wie immer laut Musik und versuchte alles, was ich heute gehört hatte, noch einmal Revue passieren zu lassen. Mich ließ der Gedanke an die Boutique nun auch nicht mehr los, je mehr ich darüber nachdachte, empfand ich es als eine große Chance für Selina und ihre Zukunft. Da ich zu dieser Zeit allerdings nicht mehr über das erforderliche Kapital verfügte, überlegte ich mir eine Teilzahlung in zwei, besser noch drei Raten. Dies sollte sie bei Rückkehr dem Eigentümer vorschlagen.

Schon früh am nächsten Tag schickte sie mir ein Guten Morgen und ich antwortete, wann ich bei ihr sein könne. Ich holte sie im Hotel ab und wir gingen zunächst frühstücken. Ich erzählte ihr von meinem Vorschlag, sie war sehr glücklich und strahlte über das ganze Gesicht. Es war herrlich wie sie sich freuen konnte. Sie wusste aber nicht, ob der Verkäufer mit dem Vorschlag einverstanden sein würde. Ich jedoch war überzeugt, dass sie das mit Sicherheit erfolgreich aushandeln konnte. Dann gingen wir in die Fußgängerzone um zu shoppen und Sachen für sie und die Kinder einzukaufen. Sie achtete sehr darauf, dass sie nur günstige Artikel aussuchte. Sie war bemüht die Ausgaben so gering wie möglich zu halten und wir kauften nichts in teuren oder Markenshops. Wir besuchten nur diese Billigläden die ich bisher nie betreten hatte, z.B. Hosen für 19,90 EUR oder T Shirts für 5,90 EUR. Aber jedes Geschäft war für sie interessant, natürlich auch die exklusiven und ich war erstaunt mit welcher Selbstsicherheit sie diese betrat. Sie sprach sofort sehr freundlich die Verkäuferinnen an, lachte mit ihnen und meistens waren sie gleich per Du. Sie erkundigte sich nach diesem oder jenen Artikel, bedankte sich für die freundliche Beratung und ich konnte spüren, wie sehr sie die Unterhaltungen genoss und das Großstadtleben vermisst hatte. Wie immer gingen wir brav nebeneinander her, umarmten uns nicht oder hielten uns die Hand, um unverhofften Begegnungen mit Bekannten oder Freunden keinen Nährboden zum Nachdenken zu geben. Ich vermisste dies zwar, aber es war auf jeden Fall sicherer. Der Tag ging viel zu schnell vorbei, wir hatten alles Wesentliche besorgen können. Aber nun brannten unsere Füße, wir hatten Hunger und Durst. Mit all den vielen Tüten sanken wir erschöpft auf die noch freien Sessel auf der Terrasse eines italienischen Restaurants, aßen Pizza und tranken Cola. Danach war Handytime, sie erkundigte sich zu Hause ob alles in Ordnung sei und schrieb noch einige Nachrichten. Wir rauchten und erzählten noch eine Weile, dann brachen wir auf und schleppten die vielen Tüten zu ihr ins Hotel. Zum Glück war sie mit einem fast leeren Koffer hergekommen, denn alles musste nun in diesen Koffer verstaut werden. Ich schaute ihr beim Packen zu und bemerkte sofort, dass dies nicht ihr Ding war. Niemals hätte sie so alle Sachen dort unterbringen können. Also packte ich alles wieder aus und versuchte es aufs Neue. Das klappte dann auch besser und ich war froh, dass ich alle Einkäufe dort verstauen konnte. Wir verabschiedeten uns, ich fuhr nach Hause. Morgen früh musste ich dann Selina schon wieder zum Flughafen bringen und mir noch eine Ausrede überlegen, warum ich als Rentner so früh unterwegs war. Mein Abend verlief ruhig, außer dass ich oft an sie denken musste. Gerne hätte ich die Zeit noch mit ihr verbracht, denn ich wusste nicht, wann wir uns wiedersehen würden.

Am nächsten Morgen holte ich sie ab, am Flughafen angekommen verabschiedeten wir uns und ich wünschte ihr einen guten Flug und sichere Heimreise. Eine Whattsapp dazu schickte ich ihr dann noch hinterher, das hatte ich mir so angewöhnt. Nachmittags las ich beruhigt in ihrer Nachricht, dass alles bestens geklappt hatte. Auch unsere Sorge wegen des Gewichts vom Koffer war unberechtigt, es war exakt genau so wie es sein sollte. Am nächsten Tag teilte sie dem Makler meinen Vorschlag mit und dieser musste erst mit dem Eigentümer verhandeln. Erst nach weiteren zwei Tagen erhielt sie dann die Zusage für den Shop mit einer Zahlung in zwei Raten, eine Hälfte sofort und die andere nach sechs Wochen. Dies bedeutete eine echte Herausforderung für mich, aber ich hatte es ihr versprochen und wollte dies auch einhalten. Meine Geldmittel waren dann fast vollständig aufgebraucht und ich machte mir nun doch Gedanken, war unsicher, ob ich dies noch alles hinkriegen würde. Ich entschloss mich eine Flasche Wein zu öffnen, dies half mir in prekären Situationen meistens. Nach langem Nachdenken entschied ich mich zwei Freunde zu fragen, ob sie mir Geld leihen würden und hoffte, dass sie mich nicht nach dem Grund fragen würden, denn diesen könnte ich ihnen nicht nennen. Bei der Bank wollte ich mir kein Geld mehr leihen, da ich befürchtete, dass jemand aus der Familie sich über die viele Post wunderte oder versehentlich einen Brief öffnete. An diesem Abend trank ich viel zu viel, konnte aber nach vielen schlaflosen Nächten wieder mal hervorragend durchschlafen. Am nächsten Morgen überwies ich dann die erste Rate und Selina konnte den Notartermin vereinbaren. Diesen bekam sie kurzfristig und überglücklich teilte sie mir mit, dass alles geklappt hätte und der Vertrag unterschrieben worden sei. Ich freute mich mit ihr, allerdings hatte ich noch immer ein flaues Gefühl im Bauch. Ich versuchte mich zu besänftigen, aber es gelang mir nicht so recht. Mit einem solch großen Engagement für Haus und Shop hatte ich nicht gerechnet. Mich beschlich ein ungutes Gefühl wenn ich daran dachte, wie meine Familie reagieren würde, wenn sie es herausbekam. Aber jetzt konnte ich keinen Rückzieher mehr machen, ich musste es durchstehen. Schließlich hätte ich ja vorher schon nein sagen können. Irgendetwas trieb mich dazu die Sache zu Ende zu bringen, diesen Anspruch an mich hatte ich schon immer. Das Schwierigste und die größte Belastung war alles mit mir alleine ausmachen zu müssen und sich mit niemand darüber unterhalten können. Hoffentlich war mein breites Kreuz stark genug das alles durchzustehen. Meine Planung ging auf, die Freunde liehen mir noch mal eine beträchtliche Summe und wollten auch nicht wissen wofür ich es brauchte. Mein Wunsch und mein Fragen reichte ihnen aus, es ist einfach nur toll solche Freunde zu haben. Ich versprach es in den nächsten beiden Jahren zurückzuzahlen.

Wieder wurde es Winter, Selina und ihre Kinder konnten rechtzeitig vor Weihnachten in das Haus einziehen. Sie feierten ein schönes Weihnachtsfest. Ich bekam viele Bilder, Kurzfilme und Nachrichten und freute mich mit ihnen. Was für eine verrückte Beziehung! Im Januar schickte ich Selina dann die zweite Rate, der Kauf für den Shop war perfekt. Mit den geringen Renovierungsarbeiten konnte bald begonnen werden, diese waren nur innerhalb des Gebäudes und auch war es in diesem Winter nicht so kalt. Selina kümmerte sich nun um die Gewerbeanmeldung, suchte sich einen Steuerberater und kümmerte sich gewissenhaft um den ordnungsgemäßen Start ihrer Boutique. Jetzt half ich ihr noch bei der Erstausstattung für die Ware, allerdings pfiff ich finanziell auf dem letzten Loch. Meine letzte Lebensversicherung musste herhalten und ich nahm zu dieser noch ein Darlehen auf. Mein Sohn war zu dieser Zeit mit seiner Familie in Urlaub und ich hoffte, er würde davon nicht so schnell etwas mitbekommen, konnte er doch die Post des Versicherers einsehen. Unmittelbar nach seiner Rückkehr aus dem Urlaub bemerkte er meine Aktivitäten jedoch sofort, er muss es gespürt haben. Als er mich zur Rede stellte war ich völlig überrascht und konnte verständlicherweise keine vernünftige Erklärung abgeben. Mir war inzwischen klar geworden, dass ich in den nächsten Wochen meiner Familie ein Geständnis machen würde und wollte mir allerdings die Vorgehensweise noch überlegen. Dazu kam es jetzt natürlich nicht mehr, sofort forderte er mich auf mit zu meiner Frau zu gehen. Er schilderte nun in allen Einzelheiten, welche Geldmittel ich in der letzten Zeit abgerufen hätte und alle waren völlig entsetzt. Ich entgegnete, ich hätte eine Art Stiftung für eine ausländische Familie gemacht, ein Projekt, das mir sehr wichtig sei. Es liegt in der Natur der Sache, dass ich nun weitere detaillierte Erklärungen abgeben sollte. Ich war wie gelähmt, war unvorbereitet und hatte zudem ein unheimlich schlechtes Gewissen. Eine hilfreiche Idee durchzuckte mich und ich schlug vor, dass ich zunächst mit unserem Pfarrer sprechen wollte. Ich mochte ihn sehr und konnte mir gut vorstellen, dass er mir einen Rat geben konnte. An diesem für mich schwarzen Dienstag hatte er jedoch keine Zeit und wir vereinbarten, dass ich am Donnerstag Abend zu ihm kommen könne. Warum ich ihn so dringend brauchte erzählte ich ihm nicht, obwohl er danach fragte. In dem Zeitraum zwischen Dienstag und Donnerstag sprachen wir innerhalb der Familie nicht darüber. Und wenn doch mal Fragen auftauchten, verwies ich auf das noch ausstehende Gespräch mit dem Pfarrer.

Es war so weit. Ich klingelte an der Tür des Pfarrhauses und war erleichtert als er gleich öffnete. Wir gingen in das Besprechungszimmer und er fragte mich interessiert, warum ich ihn denn so dringend sprechen müsse. Daraufhin erzählte ich ihm in Kurzform die ganze Geschichte und nun von meinem Problem mit meiner Familie. Er stellte mir viele Fragen und kam danach unter anderem zu der Vermutung, dass ich in meiner Familie zu wenig Wertschätzung erfahren hätte. Darüber musste ich erst einmal in Ruhe nachdenken, allein dieses Wort hatte ich bisher noch nie bewusst wahrgenommen. Er spürte in welch prekärer Situation ich mich befand. Spontan bot er an mit mir nach Hause zu gehen und an dem Familiengespräch teilzunehmen. Ich war ihm unendlich dankbar dafür und werde ihm das nie vergessen. Diese Nacht wurde für mich dramatisch, meine Erklärung mit der Stiftung für eine Familie in Bulgarien wurde ver-ständlicherweise in keinster Weise akzeptiert. Es fiel mir schwer die an mich gestellten Fragen zu beantworten, wollte ich doch auch Selina schützen und auf keinen Fall ihre frühere Arbeit preisgeben. Nicht etwa, dass ich Angst gehabt hätte zu gestehen, dass ich in einem FKK-Club gewesen wäre, aber man hätte Selina sofort das

Schlimmste unterstellt. Ich hatte extra den Pfarrer danach gefragt und er meinte auch, dass dies nicht zielführend sei. Und so blieb ich bei meiner Aussage, Selina als Bedienung in einem Cafe in der City kennengelernt zu haben. Meine Frau brach in Tränen aus, mein Sohn wurde böse und aggressiv. Wir schrieen uns an. Ich wurde mit vielen Vorwürfen konfrontiert, musste meine Schuld, die Familie hintergangen zu haben, in vollem Umfang eingestehen. Es machte auch keinen Sinn jetzt noch um den heißen Brei herumzureden und so kamen die meisten Fakten auf den Tisch. Bis spät in die Nacht blieb der Pfarrer bei uns und nachdem er nach Hause gegangen war, diskutierten wir noch lange weiter. Keiner wollte glauben, dass ich mich an dem Vermögen der Familie in einer solchen Weise vergangen hätte. Wortlos gingen wir irgendwann spät in der Nacht ins Bett.

Der nächste Tag. Meine Frau, mein Sohn und natürlich auch ich hatten kaum geschlafen. Er rechnete hoch, wie viel Geld ich inzwischen verbraucht haben würde, diskutierte dies mit meiner Frau und beide bildeten verständlicherweise eine Front gegen mich. Nach Ansicht meines Sohnes war ich Betrügern aufgesessen und er wollte in irgendeiner Form

Geld wieder zurückholen. Ich versuchte zu erklären, dass dies nicht möglich sei und dass ich es geschenkt hatte, aber ich konnte beide nicht überzeugen. Selina hatte mir zwar zugesagt dass sie etwas zurückzahlen wolle, wenn sie Erfolg mit ihrer Boutique hätte. Aber jetzt war nicht der geeignete Zeitpunkt um derartige Hoffnungen zu wecken. Mein Sohn schaltete die Polizei ein. Ich wurde ins Betrugsdezernat vorgeladen und er wollte mitgehen, ich ließ ihn gewähren. Die Polizisten stellten viele Fragen, die ich natürlich nicht hinreichend beantworten wollte und waren daher auch der festen Überzeugung, dass ich Betrügern aufgesessen war. Ich berichtete von dem Hausbau, gab aber weder Selinas Namen noch die Stadt, in der sie lebte, preis. Sie verwiesen auf mögliche gefälschte Bilder, die man auch mit Photoshop super herstellen konnte um mich zu täuschen. Von meiner besonderen Beziehung zu Selina sprach ich in Anwesenheit meines Sohnes nicht. Die Polizisten wollten gerne den Namen von Selina wissen, um in der Datei nachzuschauen, ob sie schon mal negativ in Erscheinung getreten ist. Aber ich blieb hartnäckig und verweigerte die Namensnennung. Möglicherweise wäre sie als Prostituierte im Polizeicomputer aufgetaucht und das wollte ich unter allen Umständen verhindern. Mit der Empfehlung, ich möge doch noch einmal über alles nachdenken, verließen wir die Polizeistation. Ich spürte wie es in meinem Sohn arbeitete, ihm ging der vermeintliche Betrug nicht aus dem Kopf und er vermutete, ich sei einer Gehirnwäsche unterzogen worden. Zu Hause angekommen fand ich meine Frau völlig aufgelöst vor. Sie hatte sich während unseres langen gemeinsamen Lebens nie um Kontostände kümmern müssen und so waren ihr meine Ausgaben auch verborgen geblieben. Sie machte sich schwere Vorwürfe, da mein Sohn sie schon einige Male auf meine hohen Geldausgaben aufmerksam gemacht hatte und er es sich nicht erklären konnte. Sie hatte mich zwar darauf angesprochen, aber ich hatte es als Unsinn abgetan. Ich musste in der letzten Zeit aus Geldmangel geschickt zwischen unseren verschiedenen Konten Buchungen vornehmen, sonst hätten meine Überweisungen nach Bulgarien nicht funktioniert. Meinem Sohn war dies bald bewusst und er forderte die Rückgabe meiner Kreditkarten und Reduzierung der Anzahl meiner Konten. Dem konnte und wollte ich allerdings so ohne weiteres nicht entsprechen. Schließlich befand ich mich in einem Alter, in dem die Beschaffung finanziellen Spielraums nicht mehr so einfach ist. Verständlicherweise versuchte er nun im Interesse der Familie meine finanziellen Möglichkeiten so weit wie möglich einzuschränken. Die Familie reagierte weitaus heftiger als ich es vermutet hatte, meine Frau argwöhnte verständlicherweise eine andere Beziehung zu Selina, fühlte sich missachtet, betrogen, zutiefst gedemütigt und verwies immer darauf, dass sie mir dies nie zugetraut hätte. Ihr Vertrauen zu mir sei vollständig verloren und sie müsse nun für sich selbst einen neuen Weg finden.

Selina hatte ich noch nichts davon erzählt, schrieb ihr aber jetzt, dass unser Projekt aufgeflogen war. Sie bekam Angst, da ich ihr auch von meinem Besuch bei der Polizei erzählte und plötzlich merkte ich, dass ihr Vertrauen zu mir einen Bruch bekommen hatte. Sie glaubte, dass ich jetzt nicht mehr zu meinem Wort stehen würde. Die Situation wurde für mich immer komplizierter, der Streit mit der Familie und intensive Diskussionen mit Selina über Whattsapp. Ich stellte fest, dass diese Art der Kommunikation für solche Probleme völlig ungeeignet ist. Es war kaum möglich die Geschehnisse einigermaßen kurz und verständlich für den anderen zu schreiben. Schon gar nicht in einer fremden Sprache. Viel lieber hätte ich mich persönlich mit ihr getroffen und alles besprochen. Dann hätte ich es ihr vernünftig erklären können. Aus den Sätzen die sie schrieb erkannte ich eine tiefe Enttäuschung, sie hatte sich zum ersten Mal in ihrem Leben bei mir sicher und geborgen gefühlt. Ich versuchte sie zu beschwichtigen und ihr die Bedenken zu nehmen. Dies gelang mir allerdings im Moment nur teilweise. Zu groß war ihre Furcht das bereits von uns Geschaffene wieder zu verlieren. Jetzt war ich an zwei Fronten aktiv, was es mir nicht gerade einfacher machte.

Die folgenden Tage und Nächte fanden zu Hause erbarmungslose Diskussionen statt, immer wieder die gleichen Vorwürfe materieller und persönlicher Art. Ich konnte dies durchaus nachvollziehen und hatte Verständnis für deren Vorgehen. Dem Vorwurf an mich, unsere gesamten Barmittel für eine fremde Frau oder Familie ausgegeben zu haben, konnte ich nichts entgegensetzen. Tatsächlich waren wir nach wie vor vermögend, hatten aber kaum noch liquide Mittel. Mein Sohn entwarf besondere Regeln an die ich mich halten sollte. Kontoprüfungen durch ihn und meine Frau, Einschränkung der Limits für Kontoüberziehungen, Rückgabe einer der beiden Kreditkarten, sofortiger Stop jeglicher Überweisungen an Selina, sowie die Änderung meiner

Mobilfunknummer. Meine Frau und er zweifelten meine Geschäftsfähigkeit an und dachten tatsächlich darüber nach, ob man mich nicht besser entmündigen sollte. Sie bezeichneten mich als Patron, der seine Macht über die eigene Familie hemmungslos betrügerisch ausgenutzt habe. Es hatte den Anschein, als wollten beide jetzt vollständig über mich bestimmen, mein Sohn die Führung der Familie übernehmen. Ich gab den Forderungen an mich zunächst nicht nach, ich hätte mich selbst aufgegeben. Lieber wäre ich unter eine Brücke gezogen, als mich in solcher Art behandeln zu lassen. Die mentale Belastung versuchte ich durch übermäßiges Rauchen und Trinken zu kompensieren. Ich trank viel zu viel Wein und öfter, wenn mein Sohn uns abends verlassen hatte, stritt ich mit meiner Frau weiter. Es eskalierte dann und ich setzte mich betrunken ins Auto und fuhr einfach weg, irgendwohin, nur weg und hörte Musik so laut es ging. Der Alkohol entfesselte mich. Es war nur Glück, dass ich nicht von der Polizei erwischt wurde. Nur einmal wurde ich geblitzt, als ich über 60 km/h zu schnell fuhr und dafür neben einer erheblichen Geldbuße auch noch für zwei Monate meinen Führerschein verlor. Alkohol und Autofahren passen halt nicht zusammen. In diesen Nächten war es mir egal, am nächsten Morgen verfluchte ich mich dafür. An manchen Abenden bemerkte ich, dass meine Frau den Autoschlüssel an sich genommen hatte und holte mir dann vorsorglich den Ersatzschlüssel aus dem Safe. Auf meine Mobilität wollte ich in keinem Fall verzichten, auch wenn ich mir jedes Mal vornahm, nicht wieder betrunken Auto zu fahren.

Die Nächte des Streits mit meiner Frau dauerten nun schon Wochen. Ich erlebte sie wie nie zuvor, sie wurde von heftigsten Weinkrämpfen geschüttelt und schrie mit tränenerstickter Stimme, dass unsere Partnerschaft vorbei sei. Ich bot ihr meinen Auszug aus der Wohnung an, dies wollte sie jedoch nicht. Häufig schliefen wir getrennt, sie im Gästezimmer und ich auf der Couch im Wohnzimmer, da ich alleine nicht in unserem Ehebett sein wollte. Ich schaute bis in die Morgenstunden Fernsehen, trank Wein, rauchte und suchte vergeblich nach Lösungen für meine Probleme. Meine Familie bedeutete mir unglaublich viel, aber Selina und ihre Kinder waren mir auch wichtig. Sonst wäre ich tatsächlich geistesgestört mich so für sie engagiert zu haben. Sie war in den vergangenen drei Jahren auch zu einem Teil meines Lebens geworden. Ich beschloss erneut unseren Pfarrer zu besuchen und wünschte mir, dass er mir einen Rat geben könne, um mit der psychischen Belastung besser fertig zu werden.

Mit Selina hielt ich trotz der Forderung meiner Familie auf Unterlassung ständig Kontakt wie bisher, ihre Boutique hatte die Anlaufzeit noch nicht überwunden und sie pfiff finanziell auf dem letzten Loch. Meine liquiden Mittel waren ziemlich erschöpft, die Konten wurden nun auch ständig überprüft. Dennoch brachte ich es nicht fertig, sie und ihre Kinder nun gar nicht mehr zu unterstützen. Für Lebensmittel und notwendige Sachen des täglichen Bedarfs schickte ich ihr öfter geringe Beträge. Da ich ihr nichts mehr überweisen konnte - dies wäre sofort bemerkt worden – nutzte ich den Geldversand zum Beispiel mit Western Union. Allerdings wurden auch meine Barabhebungen bei der Bank streng beobachtet. Mehrfach hatte ich meiner Familie versprochen kein Geld mehr zu schicken und genauso oft hatte ich mein Wort wieder gebrochen. Ich fühlte mich damit unsagbar schlecht, ich sah aus dem Zwiespalt keinen vernünftigen praktikablen Ausweg. Davon berichtete ich auch dem Pfarrer. Wir saßen uns, wie sonst auch, in dem Zimmer mit dem ovalen Besprechungstisch gegenüber und ich erzählte ihm offen und ehrlich von den aktuellen Entwicklungen. Er wies mich darauf hin, dass ich schon übertrieben viel für Selina getan hätte und somit müsste sie nun auch mal anfangen für sich selbst sorgen. Seit über drei Jahren unterstützte ich sie jetzt schon, habe Haus und Einrichtung sowie Shop und Ware finanziert, das sei mehr als genug. Natürlich hatte er damit vollkommen recht, allerdings ist es für jeden Menschen schwierig, von heute auf morgen überhaupt keine Unterstützung mehr zu erhalten. Er schlug vor, dass wir zu Hause noch einmal ein gemeinsames Gespräch führen sollten und ich willigte ein. Am darauf folgenden Abend war es soweit, wir saßen alle zusammen, diskutierten ausgiebig und im Ergebnis versprach ich allen hoch und heilig Selina kein Geld mehr zu schicken. Dieses Versprechen erwies schon zwei Tage danach als nicht haltbar. Selina hatte ein großes Problem mit den Behörden und brauchte dringend Geld von mir, sonst wäre der Shop geschlossen worden. Man hatte bei einer Prüfung Unregelmäßigkeiten bei dem Warenbestand entdeckt und sie musste nun eine Strafe zahlen. Ich führte dies auf ihre mangelnden kaufmännischen Kenntnisse zurück, wollte aber unter allen Umständen eine Schließung verhindern. Ich hoffte nach wie vor, sie würde langsam Schritt für Schritt ihre Kleidung verkaufen können. Also brach ich mein Wort zum wiederholten Mal. Mit dem Geldversand konnte ich in diesem Fall wegen der Höhe des Betrages nichts anfangen und überwies es daher von meinem Konto, in der Hoffnung, es irgendwie vertuschen zu können. Aber die inzwischen geschärften Sinne meiner Frau ließen sie sofort erkennen, dass etwas nicht stimmte und sie stellte mich zur Rede. Ich musste erneut gestehen, dass ich mein Versprechen gebrochen hatte. Diese Demütigung überstieg jetzt alles bisherige, meine Frau schrie und weinte. Sie verließ das Haus und besuchte ihre Freundin. Sie gingen stundenlang durch Feld und Wald und sie erzählte ihr die ganze Geschichte. Wie ich anschließend hörte, hatte ihr die Unterhaltung gut getan und sie erhielt den Rat, sich professionelle Hilfe bei einer Psychotherapeutin zu holen.

Der nächste Morgen. Unseren inzwischen üblichen Tagesablauf muss man sich wie folgt vorstellen: Wir wachten morgens auf, die Diskussion begann sofort und wurde beim Frühstück fortgesetzt. Die Freundin kam vorbei und wir führten ein langes Gespräch zu dritt. Danach diskutierte ich wieder mit meiner Frau alleine. Es wurde Nachmittag, mein Sohn kam aus dem Büro direkt zu uns, stellte Fragen und sprach bis in den Abend mit uns. Nachdem er uns verlassen hatte ging das Gespräch mit meiner Frau weiter. Und dies Tag aus, Tag ein. Nicht etwa dass ich es nicht verstanden hätte, es stellte nur auch für mich eine ungeheure Belastung dar. Ständig wechselnde Gesprächspartner mit völlig unterschiedlichen Gesichtspunkten. Bei meiner Frau war es überwiegend die Gefühlsebene, bei meinem Sohn verstärkt das Materielle, sowie der Vertrauensverlust und bei der Freundin der Wunsch zwischen uns allen zu vermitteln. Meine Konzentration war in dieser Zeit jede Sekunde bis auf das Äußerste gefordert. Dann äußerte mein Sohn den Hausbau überprüfen zu wollen und nach Bulgarien zu fahren. Ich wusste, dass dies in der jetzigen Situation keine gute Idee war, er war sehr impulsiv und gemeinsam mit ihm konnte ich mir kein vernünftiges Ergebnis vorstellen. Aus diesem Grund stand ich eines Nachts auf, ohne dass es meine Frau bemerkte, setzte mich in mein Auto und startete Richtung Bulgarien. Früh morgens klingelte das Handy bei mir im Auto und meine Frau fragte wo ich denn sei. Ich antwortete, auf dem Weg nach Bulgarien um die bestehenden Zweifel auszuräumen. Jetzt war sie fassungslos, hatte ihre Freundin doch geraten, ich sollte auf keinen Fall alleine fahren. Mit den vermeintlichen Betrügern sei sicher nicht zu spaßen und der Besuch sehr gefährlich. Aber nun war ich unterwegs, war kein bisschen müde und die Spannung auf das, was mich erwartete, hielt mich fit und wach. Zudem glich mein Kopf einem Bienenschwarm, die Gedanken überschlugen sich. Ich erinnerte mich sogar an mehrere Predigten unseres Pfarrers. Er verwies auf die christliche Aufgabe mit armen Menschen zu teilen und sie an unserem Wohlstand teilhaben zu lassen. Mir war auch klar, dass er eine Hilfestellung in dem von mir geschaffenen Ausmaß natürlich nicht gemeint hatte. In meiner Einsamkeit musste ich jedoch jeden Strohhalm nutzen. Um das Verhältnis zu meiner Familie aufzubessern, war der Hinweis auf die Predigten sicher ungeeignet. Schritte, die ich unternehmen könnte, um zu Hause wieder ein besseres Verhältnis hinzubekommen, blieben mir verborgen, so oft ich auch darüber nachdachte. Gerne hätte ich aktiv etwas unternommen, aber ich hatte keine Vorstellungen was das sein könnte. Oder war es besser die ganze Geschichte einfach auszusitzen? Dies war allerdings so gar nicht meine Sache. Meine Gedanken überschlugen sich und ich erzielte wieder mal kein Ergebnis. Ich hatte mir vier Äpfel für die Fahrt mitgenommen und aß den ersten. Die anderen musste ich mir gut einteilen, sie sollten bis zu Hause reichen. Außer wenigen Pinkelpausen und zum Tanken hielt ich nie an. Die Autobahnen waren überwiegend frei, an den Grenzen gab es auch keine Wartezeiten und so traf ich am späten Nachmittag bei Selina in Bulgarien ein. Es war schon etwas dunkel geworden. Mein Sohn hatte mir geraten, sie mit meinem Besuch zu überraschen und mich nicht anzukündigen, dies brachte ich allerdings nicht fertig. Zudem ging er ja von ganz anderen Voraussetzungen aus, dachte an Kriminelle und Betrüger.

Unsere Begrüßung war sehr distanziert, sie wies darauf hin, dass ich nun doch unsere Absprache hinsichtlich der Achtung der Intimsphäre verletzt hätte. Sie war der Meinung, ich sei gekommen um Geld bei ihr einzutreiben und wies zu Recht darauf hin, dass sie niemals etwas gefordert habe. Ich versuchte ihr klar zu machen, dass ich deshalb nicht gekommen sei, vielmehr um den Vermutungen nach Betrug ein Ende zu bereiten. Ich selbst wusste, dass alles rechtmäßig wie besprochen ausgeführt wurde und sie mich niemals hinters Licht geführt hatte. Aber je mehr ich dies zu Hause betonte, umso heftiger wurde darüber diskutiert. Mit meinem Vertrauen zu

Selina fachte ich den Buschbrand immer wieder von Neuem an. Ich fand jedenfalls das Haus so vor, wie ich es auf unzähligen Bildern gesehen hatte. Sie lud mich nicht ein die einzelnen Räume zu besichtigen, obwohl ich diese und deren Einrichtung von den Fotos schon kannte. Und mein Gefühl verhinderte danach zu fragen. Eigentlich hätte ich mich sehr darüber gefreut, aber mein vermeintlicher Kontrollbesuch verhinderte ein gastfreundliches Verhalten von ihr. Unsere Diskussion dauerte knapp zwei Stunden, draußen war es schon finstere Nacht geworden. Vor mir lagen nun noch rd. 1.500 km zurück nach Deutschland und deshalb verabschiedete ich mich. Ich hatte nicht vor in einem Hotel zu übernachten, das wäre zu Hause auch sicher nicht besonders gut angekommen. Meine Frau rief ich an, erzählte ihr knapp das Wesentliche und das ich jetzt wieder zurückfahren würde. Die zum Teil schlecht ausgeschilderten Straßen und die vielen Baustellen überforderten außer mir auch mein Navigationsgerät. Als Folge irrte ich eine endlose Strecke auf Landstraßen umher, bis mich ein riesiger Truck überholte. Dieser fuhr sowohl außerhalb als auch innerhalb geschlossener Ortschaften immer seine 100 km/h und der Fahrer musste sich bei dem Tempo hier in der Gegend sehr gut auskennen. Glücklicherweise befanden sich so spät keine Fußgänger mehr auf den ausgestorbenen dunklen Straßen, der Truck hätte niemals rechtzeitig bremsen können. Ich beschloss ihm zu folgen, die Himmelsrichtung stimmte ungefähr und ich hoffte dann auch irgendwann die Autobahn zu erreichen. Die Raserei durch die vielen engen Kurven und die gänzlich fremde Gegend erforderten meine ganze Aufmerksamkeit. Und tatsächlich! Nach rd. 100km Höllenfahrt durch die Nacht erreichten wir endlich die Autobahn. Ich war zwar froh mein erstes Etappenziel erreicht zu haben, allerdings musste ich erst mal eine kleine Pause machen, ich fühlte mich irgendwie erschöpft und brauchte frische Luft. Ich blieb an einer kleinen Parkbucht stehen, der Truck war binnen weniger Sekunden im Dunkel der Nacht verschwunden. Die Konzentration der letzten Stunden ließen keine Gedanken an Selina und meinen Besuch zu. Erst jetzt kamen die Erinnerungen zurück und ich stieg wieder ins Auto und fuhr nun mit normaler Geschwindigkeit weiter. Es war kurz nach Mitternacht und ich rief meine Frau an, dass ich nun wieder auf der Autobahn sei. Ich hatte noch über 1000 km vor mir, aber ich war kein bisschen müde. Die Anspannung war zu groß. Gelegentlich tauchte mal eine Raststätte auf, allerdings waren um diese Zeit alle geschlossen und ein heißer Kaffee nicht in Sicht. So knabberte ich die restlichen Äpfel und trank das lauwarme medium Wasser, das ich noch schnell zu Hause eingepackt hatte. Ich dachte an meine Begegnung mit Selina. Ich hatte niemals an ihr gezweifelt und mein Vertrauen auf sie war nie in Frage gestellt. Schließlich gab es dazu keinen Anlass. Daher tat es mir leid, dass sie nun an mir zweifelte. Aber es war zwingend notwendig gewesen sie zu besuchen, die Vermutungen zu Hause hätten sonst nie ein Ende gefunden. Mir geisterten Bruchstücke der vielen Auseinandersetzungen durch den Kopf. So wurde mir vorgeworfen, dass ich nur deswegen mein Auto immer sauber hielt, um nach außen eine weiße Weste zu haben. Darüber hinaus warf man mir vor, mich nie an irgendwelche Regeln zu halten und ich hätte die Familie wie ein Patriarch behandelt. Ich konnte dies nicht nachvollziehen, meinen Kindern war ich nach meiner Einschätzung immer ein guter Freund und Kumpel, meiner Frau ein Freund, Lebensgefährte und Liebhaber. Ich hatte sie alle hintergangen und vielleicht stand es mir jetzt auch nicht zu, dagegen zu opponieren. Während ich diesen Gedanken nachging, klingelte das Telefon und meine Frau erkundigte sich wo ich denn jetzt sei und ob ich nicht lieber mal eine längere Pause machen wollte. Ich versprach ihr, sobald ich müde werden würde auf einen Parkplatz zu fahren und etwas zu schlafen. Langsam erwachte der Tag, die ersten hellen Sonnenstrahlen vertrieben die nur sehr zäh weichende Dunkelheit zu dieser Jahreszeit. Erst als es richtig hell war erreichte ich eine geöffnete Raststätte und entschied mich für Kaffee und Schlafen. In der Raststätte tummelten sich viele Handwerker, die auf dem Weg zur Arbeit hier ihr Frühstück einkauften und so dauerte es relativ lange, bis ich an der Reihe war. Eigenartigerweise hatte ich keinen Hunger und so holte ich nur einen schwarzen Kaffee. Die Morgenluft war noch relativ kalt, ich kuschelte mich in meine dicke Strickjacke, trank den angenehm heißen Kaffee und rauchte. Ich kam etwas zur Ruhe und stellte fest, dass ich schon mehr als 2.500 km bis jetzt ohne richtige Pause gefahren war. Durch die gefühlte Entspannung bemerkte ich plötzlich die Müdigkeit in mir hochsteigen. Ich suchte einen Mülleimer für den Kaffeebecher, ging zum Auto zurück, stellte die Standheizung an und brachte die Rückenlehne in die tiefste Position. Kaum dass ich mich hingelegt hatte, war ich sofort tief und fest eingeschlafen.

Ich hörte lautes Knallen draußen und schaute aus dem Fenster. Aus dem neben mir abgestellten Fahrzeug waren mehrere Menschen ausgestiegen und jeder hatte die Tür fest zugeschlagen. Ein Blick auf die Uhr, ich hatte tatsächlich schon zwei Stunden tief und fest geschlafen. Ich rief zu Hause an und berichtete dass ich geruht hätte und jetzt weiterfahren würde. Ich wollte verhindern, dass man sich noch mehr Gedanken um mich machen musste. Nach einigen Stunden erreichte ich die deutsche Grenze und war froh wieder hier zu sein. Mit jedem Hinweisschild wurden die noch ausstehenden Kilometer weniger und bald konnte ich es kaum noch abwarten, das Auto endlich abstellen zu können. Mittags war ich nach über 3.500 km Fahrt zu Hause, fühlte mich irgendwie erleichtert und war nun gespannt, was der Tag jetzt noch so bringen würde. Zunächst wurde ich mit Vorwürfen überhäuft, alleine ohne Ankündigung nachts einfach losgefahren zu sein. Alle hätten sich große Sorgen gemacht. Dies allerdings gab mir gerade auch ein Zeichen, dass ich meiner Familie doch noch etwas bedeute. Das machte meine Lage etwas erträglicher, da ich mich jetzt erst einmal ausgiebig rechtfertigen musste. Inzwischen war es wieder Abend geworden und mich überfiel eine bleierne

Müdigkeit. Die Anstrengung der Fahrt nahm jetzt in vollem Umfang Besitz von mir und ich verabschiedete mich um ins Bett zu gehen.

Der nächste Morgen. Ich hatte fest durchgeschlafen und fühlte aber immer noch die Strapazen meiner ungewöhnlichen Reise. Nach dem Frühstück kam mein Sohn zu uns. Er forderte mich nun auf die Konten zu verknappen, eine Kreditkarte zurückzugeben und die Änderung der Mobilnummer vorzunehmen. Nun sei es an mir diese Forderungen zu erfüllen, um damit meine Reue zu zeigen und unter Beweis zu stellen, dass ich wieder ganz zu Hause angekommen sei. Ich hielt dies zwar für Unsinn, allerdings wollte ich eben doch ein Zeichen setzen. Daher kündigte ich an, seinen Wünschen nachzukommen.

Anlässlich einer Unterbrechung unserer Diskussionen schrieb ich Selina eine Whatsapp, denn sie hatte sich bisher noch nicht bei mir gemeldet. Zu tief saß der Schock in ihr, dass ich ohne Weiteres auf diese Entfernung einfach so mal schnell vorbeigekommen war. Ich erklärte ihr kurz noch einmal die Absicht meines Besuchs und wünschte ihr einen schönen Tag. Sie meldete sich kurz darauf und meinte, sie wäre von meiner Kontrolle enttäuscht, denn sie sei immer offen und ehrlich gewesen. Das war auch uneingeschränkt richtig, ich hatte zu keinem Zeitpunkt daran gezweifelt. Es entwickelte sich zwischen uns eine Unterhaltung, die mir alles abverlangte. Ihr Vertrauen wieder zu gewinnen war mir wichtig, aber noch bedeutsamer war es zu Hause wieder einen vernünftigen Weg zu finden. Schließlich hatte ich ja keine Trennungsabsichten und hoffte auf eine Verbesserung unserer Beziehungskrise. Außerdem galt es gerade auch hier wieder Vertrauen aufzubauen.

Die Streitgespräche mit meiner Frau wollten jedoch nicht enden. Zu tief war die Verletzung und sie beschloss sich jetzt professionelle Hilfe zu suchen. Sie fand eine Psychiaterin und erzählte ihr von dem Vorfall. Diese riet ihr doch einmal gemeinsam mit mir zu ihr zu kommen. Ich willigte ein und einige Tage später saßen wir dann bei ihr. Ich werde es niemals vergessen, der erste Satz und die erste an mich gerichtete Frage lautete: „Wie konnten sie das ganze Geld ihrer Familie ausgeben? Jetzt können sie nicht mehr mit ihrer Frau teuer essen gehen!" Ich war wie vom Donner gerührt, was war das für ein Schwachsinn? Teuer Essen gehen? War das wirklich das Wesentliche um das es ging? Ich war unter ganz anderen Erwartungen hierhergekommen, erhoffte Hilfe für meine Frau und mich. Schlagartig schottete ich mich ab, weitere Fragen beantwortete ich entweder nicht, knapp oder nur teilweise. Zu tief hatten mich diese ersten beiden Sätze getroffen und mir die Gewissheit vermittelt, dass von ihr nichts Vernünftiges zu erwarten war. Wir verließen die Praxis. Ich sagte meiner Frau was ich von der Psychiaterin halten würde………….gar nichts! Zum Glück hatte sie es ähnlich wie ich empfunden und das einte uns wieder ein wenig.

Wir überlegten und beschlossen unseren Pfarrer noch einmal zu uns zu bitten und auch einen Freund, der von Beruf auch Mediator ist, um ein weiteres Gespräch zu führen. Unser Pfarrer äußerte eine für meine Begriffe super Idee. Wir sollten jeder für sich einmal aufschreiben, was uns an dem anderen gefällt, was nicht gefällt bzw. gefallen hat und welche Ziele wir nun haben. Dann könnten wir gezielt diskutieren. Er ging dabei sehr analytisch vor und meine Frau vermisste mehr Einfühlsames. Bei unserem Freund erging es ihr ähnlich. Auch er beschäftigte sich mit den Fakten und arbeitete heraus, dass es mir an etwas gemangelt habe und dafür wäre auch meine Frau mitverantwortlich. Wenn so etwas passiert, läge es nicht immer nur an einem der Partner, man müsse auch den anderen betrachten. Auch dieses Gespräch konnte meiner Frau nicht helfen. Sie meinte, es läge vielleicht daran, dass dies zwei Männer seien und daher ihre weiblichen Empfindungen nicht nachvollziehen könnten. Keiner der beiden hätte sich in ihre Lage versetzen können. Sie fühlte sich über alle Maßen gedemütigt, auch wenn es bei mir keinen sexuellen Hintergrund gab.

Es vergingen mehrere Wochen, mit Selina hatte ich es geschafft wieder im Einklang zu sein und mit meiner Frau wurde das Verhältnis auch wieder besser. Es gab nach wie vor immer noch Nächte mit Tränen und Beschimpfungen, Streit und Zorn. Diese geschahen meistens dann, wenn unser Sohn uns besuchte und dann seine Kritik erneut vorbrachte. Hatten meine Frau und ich uns vorher einigermaßen gut verstanden, endete es danach in aller Regel in einem Fiasko. Aber ich konnte meinen Sohn auch verstehen. Er tat es nicht in böser Absicht, er zweifelte am Verstand seines Vaters, wähnte ihn krank im Geist, wollte ihn und uns alle schützen. Auch mit meiner Schwiegertochter unterhielt er sich darüber ständig, das Fehlverhalten seines Vaters ließ ihm keine Ruhe. Er wollte, wie er sagte, seinen alten Vater wieder haben und das löste in mir Trauer und Schmerz aus. Nie wollte ich ihn so verletzen oder auch weinen sehen. Niemals hätte ich mir in der ganzen Familie ein solches Ausmaß der Belastung für jeden vorstellen können. Jedem ging es nach wie vor gut, allerdings begannen wir jetzt mit einer grundlegenden Überprüfung sämtlicher Ausgaben, da wir vermeintlich am Existenzminimum angekommen wären. Wir kündigten z.B. die Fernseh- und Tageszeitung sowie die Kreditkarten mit Jahresgebühr. Wir verzichteten auf den Kauf von Kleidung, besorgten Lebensmittel nur noch bei Discounter und stoppten sämtliche geplanten Investitionen. Lediglich einen bereits gebuchten und anbezahlten Urlaub wollten wir durchführen, da dieser gemeinsam mit Freunden geplant war und diese davon nichts merken sollten.

Von Selina erfuhr ich, dass sie sich schlecht fühlte. Sie besaß keinen Cent, musste aber für die Kosten von Haus, Strom und Lebensmittel aufkommen. Gelegentlich schickte ich ihr etwas Geld, kein Vergleich mehr zu den früheren Überweisungen. Meine Familie glaubte, dass ich zu ihr keinen Kontakt mehr hatte. Es widersprach jedoch zutiefst meiner Lebenseinstellung, ich hätte mich niemals sang- und klanglos aus unserer Verbindung verabschieden können. Wir hatten uns in dieses Dilemma hineinmanövriert und ich musste ihr wenigstens immer noch ein wenig zur Seite stehen. Dies durfte allerdings niemand wissen. Der jahrelange Betrug an meiner Familie war ständig gegenwärtig und wurde mir bei jeder passenden oder unpassenden Gelegenheit vorgeworfen. Ich versuchte dann ruhig zu bleiben und durch meine stetigen Schuldanerkenntnisse die Stimmungslage zu entschärfen. Einige Wochen später kam mein Sohn und wollte mit mir über meine oder unsere aktuelle finanzielle Situation sprechen. Ich dachte kurz nach und erklärte mich dann bereit, ihm die gewünschten Auskünfte zu geben. Dem Grundsatz nach wusste er von meinen Zahlungsverpflichtungen, allerdings noch nicht den exakten Umfang. Nachdem ich es ihm offenbarte, machte er mir den Vorschlag, dass er mir das Geld geben würde, sofern ich alle Verpflichtungen gegenüber Freunden und Banken ablösen würde. Ich war überwältigt, konnte es aber in diesem Moment nicht zeigen. Ich versuchte ihn eher davon zu überzeugen, dass er für mich nicht verantwortlich sei. Alles würde ich aus eigener Kraft wieder hinbekommen, es brauchte nur etwas Zeit. Er argumentierte, dass ich früher auch alles für die Familie getan hätte, dies sei doch der wichtigste und nächste Verbund von Menschen. Ich brauchte Zeit zum

Nachdenken, spontan konnte ich ihm keine Zusage geben. In einer solchen Situation hatte ich mich noch nie befunden. Seine Worte und seine Einstellung bewegten mich sehr und ich war beeindruckt von seiner Hilfsbereitschaft, egal ob ich sie annehmen würde oder nicht. Sogar meine Schwiegertochter hatte er von seinem Plan überzeugen können. Wir diskutierten noch einige Tage über dieses Thema, dann erklärte ich mich einverstanden unter der Bedingung, dass ich ihm dann monatlich einen Betrag zurückzahlen würde. Da dieser der Höhe nach nicht vollständig angemessen war, bekam er von meiner Frau ein kleines Baugrundstück als zusätzlichen Ausgleich übertragen. Ich führte meine Verbindlichkeiten alle zurück und versprach erneut, keine Zahlungen mehr zu leisten.

Die Lage zu Hause entspannte sich langsam und es kam nach fast einem Jahr tatsächlich auch wieder einmal zu harmonischen Tagen. Ich genoss diese Zeit, die monatelangen Streitereien hatten begonnen mich mürbe zu machen. Aber ich durfte keine Schwäche zeigen. Dennoch begann ich über mich selbst nachzudenken. Wie so oft holte ich dazu eine kalte Flasche Weißwein, schenkte mir ein Glas ein und rauchte eine Zigarette. Ich hatte die Vision Selina und den Kindern einen vernünftigen Start in ein neues Leben zu ermöglichen, aber versuchte nun zuerst einmal mein Leben zu reflektieren. Schon in der Schule war ich überall angeeckt und musste mich in meinem späteren Leben hart durchsetzen. Meine Eltern waren schon früh verstorben und der so wichtige elterliche Rat fehlte. Ich war ihnen aber unendlich dankbar für die Geborgenheit, die ich als Kind erleben durfte. Die Erfahrung das Tod und Leben sehr eng miteinander verbunden sind machte ich schon in jungen Jahren. Für Luxusartikel oder Sportwagen hatte ich mein ganzes Leben kein Geld ausgegeben, alles war in einem soliden Rahmen geblieben, ich fühlte mich auch wohl damit und vermisste nichts. Mit Weitblick hatte ich meinen Ruhestand vorbereitet und im Laufe meines Arbeitslebens für genügend finanzielle Rücklagen sowie Vermögen gesorgt. Von all dem hatte ich unsere liquiden Mittel Selina zur Verfügung gestellt, weit mehr als ursprünglich angedacht und auch vertretbar war. Deshalb machte ich mir natürlich Vorwürfe. Ich hielt aber daran fest, dass die Grundidee meines Projektes nicht falsch gewesen war. Ich bin als Kind in einem geschützten Rahmen groß geworden, meine Eltern standen immer an meiner Seite und versuchten meine Wünsche zu ermöglichen. Diese

Erfahrung hatte sie nie machen können. Es fehlte ihr nicht an der elterlichen Liebe, sondern an dem finanziellen Hintergrund, der ihr noch nicht einmal eine Berufsausbildung ermöglicht hatte. Ihre dennoch offene und ehrliche Art, gerade auch im Umgang mit Geld, hatte mich zu meinem Handeln ermutigt. Die Kerze auf dem Tisch war schon fast niedergebrannt, so lange saß ich schon hier und grübelte nach. Ich goss mir noch ein Glas Weißwein nach. Trotz der vielen und zum Teil sehr schweren Rückschläge war ich in meinem Leben meist glücklich gewesen. Dies habe ich mir für meine Kinder ebenfalls gewünscht, aber so ist es leider nicht eingetroffen. Mein Sohn war durch mein Engagement mit Selina in seinen Grundfesten erschüttert und es tat mir unendlich weh, ihn so leiden zu sehen. Er war in den letzten Monaten unglaublich hart geworden. Ich hatte immer meinen fürsorglichen Vater als besonderes Vorbild und bemühte ich um ein ähnliches, liebevolles, freundschaftliches Verhältnis zu meinem Sohn. Jetzt hatte ich versagt und ich wünschte mir sehnlichst, er würde mir irgendwann einmal verzeihen können. Auch er wollte bauen und ich hatte ihm einen beträchtlichen Schaden zugefügt, sodass er nun seinen Wunsch nach einem eigenen Haus um einige Zeit zurückstellen musste. Die Kerze war jetzt niedergebrannt, die zweite Flasche Wein leer, Zeit um ins Bett zu gehen.

Ich stand weiter in Kontakt mit Selina und war natürlich interessiert, wie es sich bei ihr entwickelte. Leider lief die Boutique überhaupt nicht, es kamen zwar Kunden aber sie hatte nicht genug Ware im Angebot. Die Kosten für Steuerberater, Strom usw. liefen aber weiter. Meine Unterstützung wie in der Vergangenheit war nicht mehr möglich, sodass sie das Geschäft offiziell abmelden musste. Ihre katastrophale Lage war ausschlaggebend für ihre Entscheidung ihren wenigen Schmuck zu versetzen und sie musste sich wieder Geld bei privaten Geldverleihern besorgen. Ich riet ihr dringend den Shop zu verkaufen, bzw. schon einmal den Auftrag an einen Makler zu geben, um nicht zu viel Zeit zu verlieren. Ihr brach fast das Herz als ich ihr dies sagen musste. Aber ich sah keine andere Möglichkeit und hoffte sehr, dass sie meinen Rat annehmen würde. Zumindest würde ihr nach dem Verkauf und Rückzahlung ihrer Verbindlichkeiten noch etwas Geld übrig bleiben, um für eine kurze Zeit den normalen Lebensunterhalt zu bestreiten.

Mit großen Schritten ging es auf das Jahresende zu. Im Dezember wurde ich krank und musste mich einer Operation unterziehen. Für mehrere Wochen ans Bett gefesselt, konnte ich Selina weder helfen noch irgendetwas für sie unternehmen. Jetzt musste sie alleine schauen wie sie zurecht kam und auch auf meine Ratschläge verzichten. Kurz vor Weihnachten wurde ich aus dem Krankenhaus entlassen. Wieder zu Hause entdeckte ich bei der Durchsicht meiner Mails eine Nachricht von Selinas Freundin, dass sie den Strom nicht zahlen konnte und dieser abgestellt wurde. Ich stellte mir die schreckliche Situation vor! Das Haus jetzt im Winter eiskalt, keine Heizung, kein Licht, kein Essen kochen, noch nicht einmal ein Weihnachtsbaum oder eine Lichterkette würde brennen. Als Erwachsener kann man sich noch besser auf solche chaotischen Umstände einstellen, aber da waren ja auch noch die Kinder. Ich entschied mich nach reiflicher Überlegung meine Familie zu informieren und mit einzubinden, um zu vermeiden, dass ich wieder heimlich etwas überweisen würde. Auch jetzt lag ich mit meiner Einschätzung total daneben. Meine Frau war völlig entsetzt, dass ich noch etwas zahlen wollte, mein Sohn war ebenfalls böse und beide lehnten eine weitere Hilfestellung kategorisch ab. Obwohl in den letzten Wochen auch durch meine Krankheit mehr oder weniger Ruhe eingekehrt war, brachen jetzt wieder alle Gefühle und Erinnerungen in ihnen auf. Beide kritisierten heftig, dass ich überhaupt darüber nachdenken würde und schlugen in ihrer Betroffenheit vor, ich solle mich doch von meiner bulgarischen Freundin pflegen lassen. Sie sei weit und breit nicht in Sicht und nur meine Familie würde sich immer um mich kümmern. Daran sollte ich denken. Nun wurde wieder jeden Tag diskutiert. Eigentlich hätte unseren Streitgesprächen ein Moderator beiwohnen müssen, wir drehten uns immer Kreis ohne eine zielführende Lösung zu bekommen. Wiederholt bot ich meinen Auszug aus der gemeinsamen Wohnung an, hegte allerdings die Hoffnung, dass es so weit nicht kommen würde. Das war auch zu dem jetzigen Zeitpunkt nicht ohne weiteres möglich, da ich wegen meiner nächtlichen erheblichen Geschwindigkeitsübertretung den Führerschein für einige Wochen abgegeben hatte. Und so verbrachte meine Frau öfter ihre Nacht im Gästezimmer und ich auf dem Sofa im Wohnzimmer, unser gemeinschaftliches Ehebett blieb kalt und leer.

Sie wollte nun zu Beginn des neuen Jahres die Hilfe eines Therapeuten in Anspruch nehmen und bekam von ihrem Arzt eine Adressenliste ausgehändigt. In solchen Fällen ist es üblich das man den Therapeuten erst einmal beschnuppert, denn nicht jeder ist für die dafür notwendige Beziehungsebene geeignet. So lernte sie auf ihrer Suche mehrere Therapeuten kennen die absolut unangenehm waren. Und eine gewisse Empathie ist notwendig, um sich einem Fremden mit einem solch persönlichen Problem öffnen zu können. Dann hatte sie Erfolg, sie traf auf einen schon lange tätigen, erfahrenen Therapeuten, der einen angenehmen und vertrauenswürdigen Eindruck machte. Nach ihrem ersten Besuch schlug er vor, dass es möglicherweise von Vorteil sei, wenn sie mich bei dem nächsten Gespräch mitbringen würde. Ich willigte ein und wollte doch auf jeden Fall versuchen, wieder eine positive, nach vorne gerichtete Gesinnung in unsere Ehe zu bringen. Im Abstand von einigen Wochen trafen wir uns gemeinsam oder aber ich besuchte ihn auch alleine. Er glaubte herausgefunden zu haben, dass ich nach meiner Pensionierung, möglicherweise durch die fehlende berufliche Tätigkeit und der daraus resultierenden fehlenden Anerkennung durch meine Kunden, unbewusst einen Ersatz gesucht habe. Auch die fehlende Anerkennung und Wertschätzung durch meine Familie könnte ergänzend dazu beigetragen haben. Es war nicht von der Hand zu weisen und könnte vielleicht wirklich ursächlich für mein Engagement gewesen sein. Darüber musste ich in Ruhe erst einmal nachdenken. Teilweise deckten sich seine Erkenntnisse mit denen des Pfarrers.

Ich war schon immer ein Mensch mit einer sehr sozialen Einstellung und habe, wenn ich gefragt wurde, gerne geholfen, sei es im privaten wie auch beruflichen Bereich. Ich habe es mit Freude getan und erhielt in den allermeisten Fällen ein erbauendes Feedback. Diese Erfahrungen beflügelten mich in meiner Einstellung. Zwischen meiner Pensionierung und dem Kennenlernen von Selina lag allerdings nur eine geringe Zeitspanne und ob dies schon ausschlaggebend gewesen sein könnte? Ich hatte meine Zweifel, es war ja auch in der Vergangenheit nicht so, dass ich jeden Tag ununterbrochen nur Lobeshymnen erfahren hätte. Aber vielleicht hatte es mir ja einen Anstoß gegeben. Wer weiß, ich bin trotz vielem Nachdenken bis heute nicht dahinter gekommen.

Die Zeit verstrich und es vergingen einige Monate. Wir besuchten regelmäßig den Therapeuten und die Stimmung in unserer Ehe hellte sich zusehends auf. Es war ein schönes Gefühl nicht jeden Tag zu streiten und ich genoss es, auch glückliche Stunden zu haben. Unsere Zweisamkeit der Vergangenheit kehrte wie eine zart wachsende Pflanze langsam zurück. Dies war natürlich eine oberflächliche Betrachtung, im Innern hatten meine Frau und mein Sohn nach wie vor große Probleme damit, sie konnten meine Vorgehensweise nicht verstehen. Vielleicht lag es aber auch daran, dass ich Ihnen bis heute über die tatsächliche Arbeit von Selina und wie wir uns kennengelernt haben, nichts gesagt hatte. Ich hatte erzählt, dass ich sie als Bedienung in einem Cafe in der Stadt getroffen habe. Und weil wir uns so nett unterhalten haben, hätte ich das Cafe öfter besucht um sie treffen und mit ihr Quatsch zu machen und zu lachen. Diese Erklärung war natürlich in keinster Weise zufriedenstellend. Daher wurde mir zumeist vorgeworfen, ich hätte einem jungen Mädel imponieren wollen und diese hätte es schamlos ausgenutzt. Bei mir würden hübsche künstliche Fingernägel, hohe Schuhe und eine grelle Schminke schon reichen um mich weich zu machen und somit die gewünschten Effekte zu erzielen. Ich selbst wusste, dass dies weit gefehlt war, aber unter den gegebenen

Umständen konnte ich deren Einschätzung nachvollziehen. Trotzdem berührte es mich sehr, als so einfältig dargestellt zu werden. Als meine Geschichte aufflog und ich den Pfarrer abends besuchte, erzählte ich ihm die Wahrheit. Ich sagte ihm, dass ich Selina's Arbeit nicht gerne preisgeben würde, da ich die üblichen Vorurteile befürchtete. Sein Hinweis bestand darin, dass die Tätigkeit keine besondere Rolle spielt und auch die Kenntnis darüber nicht zielführend sei. Ich war ihm unendlich dankbar, dass er meine Meinung vertrat und habe bis heute bei meiner Familie darüber geschwiegen. Man könnte mir jetzt den Vorwurf machen, ich hätte aus Feigheit eine andere berufliche Tätigkeit gewählt, allerdings unter Berücksichtigung aller Umstände war dies wohl tatsächlich nicht so bedeutsam. Ich tat es eigentlich mehr zu Selinas Schutz, würde aber zu einem späteren Zeitpunkt auch meine Familie in die wahre Anfangsgeschichte einweihen. Diesen Zeitpunkt konnte ich dann aber selbst bestimmen und ich würde mich nicht als Getriebener fühlen. Zudem würde ich erst dann darüber sprechen, wenn sich meiner Meinung nach die seelische Verfassung der anderen gebessert hat.

Ich hatte begonnen meinem Sohn jeden Monat Geld zu überweisen um seinen finanziellen

Schaden zumindest zu einem Bruchteil zurückzuführen und arbeitete stundenweise in seinem Büro um ihn zu unterstützen. Es war das Mindeste was ich für ihn tun konnte. Die Freundin meiner Frau, der sie sich anvertraut hatte, besuchte uns öfter. Sie hatte beruflich mit ähnlichen Problemen wie unseren zu tun, verfügte über fundierte Kenntnisse und versuchte uns in langen Gesprächen zu helfen. Sie erwies sich als geschickte Moderatorin und ermöglichte sachliche Unterhaltungen. Dies war eine hervorragende Ergänzung zu unseren Gesprächen mit unserem Therapeuten, den sie übrigens auch empfohlen hatte. Das Verhältnis zwischen meiner Frau und mir besserte sich zusehends.

Ein Freitag. Ich erhielt eine Information, dass Selina den Shop zwar zum Verkauf angeboten hatte, aber dieser noch nicht erfolgt sei. Sie wollte nun etwas Wichtiges mit mir besprechen. Ich rief sie an und erfuhr dass sie gemeinsam mit einer Freundin einen kleinen anderen Shop in zentraler Lage anmieten wollte. Es sollte ein Beauty-Salon werden, die Freundin würde ihren Job als Friseuse machen und Selina sich um Fingernägel, Wimpern und Makeup kümmern. Jede würde auf eigene Rechnung arbeiten und sie konnten dann die Kosten für den Salon teilen. Sie suchte meinen Rat und wollte wissen was ich davon halte. Ich fand die Idee nicht schlecht, hatte ich ihr doch hier in einer Kosmetikschule vor langer Zeit einen Wimpern- und Makeup Kurs geschenkt und sie hatte mit einem Zertifikat abgeschlossen. Es war jedenfalls kein großer teurer Warenbestand erforderlich, ganz anders wie bei den Kleidungsstücken. Sie bat mich ihr 1.500 EUR zu leihen damit sie ihren Anteil zu dem Salon beitragen und die Sachen, die sie brauchte, anschaffen konnte. Sie hatte sich schon überall um Geld bemüht, allerdings war von nirgendwo auch nur die kleinste Hilfestellung zu bekommen und auch ihren Schmuck hatte sie bereits versetzt. Sie würde es mir später dann auf jeden Fall zurückzahlen. Ich hatte keinen Grund daran zu zweifeln, sagte ihr aber, dass ich mir dies überlegen muss und ihr so schnell wie möglich antworten würde. Nach dem Telefonat dachte ich nur kurz darüber nach, weitere Überlegungen musste ich verschieben. Ich hatte noch einiges zu erledigen, zudem wollten meine Frau und ich noch einen Termin bei dem Therapeuten wahrnehmen. Wieder zu Hause aßen wir gemütlich zu Abend und schauten dann gemeinsam Fernsehen. Selina und ihr Wunsch waren mir durch die Hektik des Tages gänzlich entfallen. In der Talk-Show im TV wurde jedoch etwas gesprochen, was mich plötzlich wieder daran erinnerte. Ich wand mich meiner Frau zu und erzählte ihr, dass ich Selina angerufen hätte. Sie schaute mich entsetzt an und ich sprach nun über den Wunsch, den sie an mich herangetragen hatte. Er löste nach diesem eigentlich entspannten Tag bei meiner Frau das größte Entsetzen aus. Meine Beschwichtigungen, ihr doch jetzt davon erzählt zu haben und das noch gar nichts geschehen sei, fruchteten überhaupt nicht. Sie fühlte sich aufs Neue gedemütigt, zutiefst verletzt und wies darauf hin, dass das bislang ein wenig aufgebaute Vertrauen wieder verloren gegangen sei. Ich hätte fest versprochen keinen Kontakt mehr zu haben. Nach einem langen Streitgespräch zogen wir uns wie so oft ins Gästezimmer und auf die Wohnzimmercouch zurück.

Am nächsten Morgen informierte sie unseren Sohn. Auch er war völlig von den Socken und beide ließen meinen Einwand nicht gelten, dass ich sie wie verabredet vorher informiert hätte. Ich erwiderte, es wäre besser gewesen, ich hätte nichts gesagt. Das brachte die Stimmung noch mehr gegen mich auf. Mein Sohn hatte zwar am gleichen Tag sehr viel Geld durch ein hochspekulatives Aktiengeschäft verloren, ließ sich aber wegen des doch geringen Betrages in Höhe von 1.500 EUR nicht erweichen. Mein Hinweis lieber Geld bei Spekulationsgeschäften zu verbrennen und die christliche Einstellung vermissen zu lassen trugen nicht gerade zur Entspannung bei. Die folgenden Diskussionen wollten nicht enden, bis irgendwann am Nachmittag sich jeder zurückzog, meine Frau in die Sonne, mein Sohn zu seiner Familie und ich auf meine Couch im Wohnzimmer. Jegliches Essen an diesem Tag blieb aus, jedem war der Appetit vergangen.

Im Laufe der folgenden Tage wurde ich noch öfter auf mein unbedachtes Handeln und die von mir weder beabsichtigte noch gewollte Demütigung meiner Frau hingewiesen. Nur langsam entspannte sich die Stimmung, aber sie schlug in den kommenden Wochen fast in das Gegenteil um. Wir konnten zusammen fröhlich sein, lachen und sogar zärtlich sein. Ein herrliches Gefühl, es war mir schon richtig fremd geworden. Wieder ein Freitag! Der Termin bei dem Therapeuten stand an und meine Frau berichtete von meinem Telefonat mit Selina. Schon bei der Erzählung vibrierte ihre Stimme und wir beiden Zuhörer konnten erkennen, wie sie das bewegte. Ich äußerte mich, dass ich mir bei dem Rückruf nichts Besonderes gedacht habe. Ich vergaß jedoch ihm gegenüber zu erwähnen, dass ich mich bei meiner Frau bereits entschuldigt hatte und das wurde mir später auf das Heftigste vorgeworfen. Der Therapeut kam zu dem untrüglichen Ergebnis, dass ich mehr mit dem Kopf als mit dem Herz handeln würde und bei meiner Frau sei es gerade umgekehrt. Unsere Stunde ging zu Ende und wir fuhren gemeinsam in die Stadt um noch etwas zu erledigen. Ich wurde als selbstgefällig und dumm beschimpft, auf meine Frage, wie sich denn der Sachverhalt von vor wenigen Wochen gegenüber heute geändert haben sollte, bekam ich leider keine Antwort. Ich parkte den Wagen, blieb aber darin sitzen und meine Frau ging in einen Buchladen um etwas umzutauschen. Ich hatte Zeit zum Nachdenken. Obwohl in den letzten Wochen alles so friedlich gewesen war, schien es jetzt wieder in einen Streit auszuufern. Meine Frau hatte alles erledigt und wir fuhren schweigend nach Hause. Dort angekommen wollte sie mich erneut zur Rede stellen, aber ich wurde zum Glück dringend im Büro erwartet. Die Auseinandersetzung begann als ich zurück war, eine manchmal für meine Begriffe unwürdige Diskussion, in der die Demütigung die Hauptrolle spielte. Als wir keine Einigung erzielen konnten, zogen wir uns beide wütend zurück. Ich hatte wieder Zeit zum Nachdenken. Hatte ich wirklich so wenig Einfühlungsvermögen wie mir vorgeworfen wurde? So kannte ich mich gar nicht. Oder war sie wieder aufs Neue getroffen von dem schon bekannten Sachverhalt? Ich fand keine Erklärung, warum die Stunde bei dem Therapeuten sich so negativ bei ihr manifestiert hatte. Während meine Frau das Haus verließ um mit ihrer Freundin spazieren zu gehen, dachte ich über meine Lage nach. Eigentlich hatte sich nach all dem was vorgefallen war für mich nichts geändert. Ich war weiterhin für alles zuständig, reparierte was mir möglich war, führte erforderlichen Schriftwechsel, arbeitete im Büro sowie an unseren Häusern und schaute im Fernsehen abends das Programm, das sie sich wünschte. Von einer Wertschätzung oder Anerkennung für mich gab es jedenfalls erkennbar immer noch nicht die Spur. Wie gerne wäre ich heute in der Stadt über den heimeligen Markt gegangen, hätte was zum Wochenende eingekauft und vielleicht noch einen Halt im angrenzenden Cafe gemacht, aber ich musste zurück, da ich im Büro meine Anwesenheit zugesagt hatte. Mir wurde bewusst, dass ich als Rentner über sehr wenig Freizeit verfügte und die verbrachte ich dann noch mit Streitgesprächen. Ich zweifelte daran, dass ich damit noch lange zurecht kam, bemühte mich aber so ruhig wie möglich zu bleiben.

Könnte es sein, dass wir die sachliche Ebene schon längst verlassen hatten und uns nur noch in Emotionen bewegten? So war eigentlich keine Lösung in Sicht. Ich fühlte mich wegen meines schuldhaften Handelns immer wieder aufs Neue an den Pranger gestellt. Selbst bei Gericht wurden in einer Verhandlung die Fakten zusammen-getragen und dann ein Urteil über den Angeklagten gesprochen. Irgendwann war dann der Verurteilte wieder frei. Sein größter Vorteil war, dass er wusste, wie lange er die Freiheitsstrafe zu verbüßen hatte, bei mir dagegen könnte es lebenslänglich sein. Ein schrecklicher Gedanke an eine solche Ungewissheit.

Meine Gedanken beschäftigten sich mit der Ungerechtigkeit in dieser Welt und auch natürlich damit, dass ich diese nie würde abschaffen können, ich bin kein Fantast. Es verfestigte sich meine Auffassung, dass sich der übertriebene Konsum negativ auf die Menschen auswirkt. Während meine Enkel über sehr viele Schuhe verfügten, waren die Kinder von Selina, die auch im heranwachsenden Alter waren, ohne ein einziges Paar passende Schuhe. Spielsachen gab es bei uns ebenfalls im Überfluss und waren oft schon am gleichen Tag nicht mehr von Interesse. Viel lieber beschäftigten sich meine Enkel manchmal mit einem Stück Holz oder einer Plastikflasche und offenbarten damit eine besondere Art der Kreativität, in dem sie daraus irgendetwas Phantasievolles bastelten. Diese geht verloren, wenn ich eine Legostation wie eine Tankstelle oder eine Krananlage exakt nach Plan aufbaue und in aller Regel dazu noch die Hilfe von Erwachsenen benötige, da sie nicht altersgerecht sind. Hier haben lediglich die Hersteller ihre Kreativität bewiesen. Diese kehrt bei den Kindern erst dann wieder zurück, wenn sie beginnen selbst zu gestalten und aus den Bausteinen für ein Haus vielleicht etwas gänzlich anderes konstruieren. Gerne hätte ich auch in meiner jetzigen Situation noch etwas für Selinas Kinder beigetragen, wollte aber auch meine Beziehung zu meiner Familie nicht gänzlich aufs Spiel setzen. Ich hatte ihnen schon sehr viel zugemutet und etwas Erholung würde uns allen gut tun. Ich hoffte Selina würde ihre Boutique bald verkaufen können, um ihre

Schulden zu begleichen und noch etwas Geld zum Leben zurückzubehalten.

Wie sich alles weiter entwickeln wird kann ich noch nicht sagen. Ich habe zwar Selina seit langer Zeit nicht einmal gesehen und nur gelegentlich am Telefon gesprochen und habe Abstand zu ihr bekommen. Dennoch werde ich sie vermissen, wir haben in den wenigen Jahren viele schöne gemeinsame Erlebnisse gehabt. Sie wird nun einer normalen Arbeit nachgehen und ihr Leben ohne mich gestalten. Und das ist auch richtig so, ich wünsche ihr und den Kindern das Beste für ihre Zukunft. Sie hat einmal gesagt, dass sie ihren Kindern von uns und unserer Geschichte, wenn sie mal älter sind, erzählen wird. Ich bin gespannt ob sie es wirklich macht, werde es aber wohl nie erfahren. Freunde werden wir bleiben, auch wenn wir keinen Kontakt mehr haben.

Mich wird meine Geschichte sowohl in Gedanken als auch in der Familie noch länger begleiten. Ich bin ich weit über das Ziel hinausgeschossen und habe einen beträchtlichen psychischen und materiellen Schaden in meiner Familie verursacht, was ich wirklich bedauere. Nie hätte ich mir das in dieser Form vorstellen können. Das blinde Vertrauen zu mir von früher wird es nicht mehr geben, auch das ist für mich ein herber Verlust. An meiner sozialen Einstellung wird sich jedoch nichts ändern, da bin ich mir ganz sicher. Meine Familie hatte mich nie verloren, sondern nur für eine bestimmte Zeit ausgeliehen.

Einige Monate später. Dieses Buch war fast fertig und ich hatte eine Vorabversion drucken lassen. Meine Schwiegertochter hatte mir den Anstoß gegeben meine Geschichte aufzuschreiben. An ein Buch dachte sie dabei sicherlich nicht. Ich habe je ein Exemplar meiner Frau, dem Pfarrer und der Freundin meiner Frau gegeben. Wie würden sie meine Enthüllungen aufnehmen? Ich war sehr gespannt, denn lediglich dem Pfarrer waren ja die tatsächlichen Umstände bekannt. Meine Frau war entsetzt, bemühte sich aber sehr, mit den neu gewonnenen Erkenntnissen zurechtzukommen. Die Freundin und der Pfarrer lasen es mit Interesse und gaben mir das Feedback, meine Story ansprechend erzählt zu haben. Inhaltlich nahmen sie keine Wertung vor. Wenige Tage später rief ich an einem Nachmittag meinen Sohn an und fragte ihn, ob er und seine Frau am Abend Zeit hätten. Wir saßen gemeinsam in deren Wohnung an dem großen Esstisch und ich überreichte den beiden ebenfalls ein Exemplar. Ich schilderte bei der Übergabe noch einmal ausführlich, dass ich in meinem Leben alles für ihn und dann auch für seine Familie getan habe. Jetzt aber wollte ich auch Ihnen die lange gewünschte Aufklärung über den tatsächlichen Sachverhalt geben. Eine intensivere Unterhaltung ergab sich bei der Buchübergabe nicht, sodass ich die beiden auch bald wieder verließ. Irgendwie hatte ich es mir anders vorgestellt, kann aber auch nicht sagen in welcher Form. Es geschah jedoch mehr oder weniger emotionslos. Meine Schwiegertochter las, wie ich später hörte, das Buch sofort und meinem Sohn auszugsweise die sie betreffenden Passagen vor. Mein Sohn selbst schaute sich das Buch mehrere Wochen nicht an, danach widmete er sich den ersten Seiten. Ob er es überhaupt fertig gelesen hat, entzieht sich meiner Kenntnis. Ich wunderte mich, dass er nie etwas darüber zu mir gesagt hat, habe ihn aber auch nur einmal darauf angesprochen, ohne eine besondere Resonanz zu erfahren. Offensichtlich haben meine Schwiegertochter meine klaren Worte stark getroffen, obwohl dies in keiner Weise beabsichtigt war. Ich habe lediglich von Tatsachen berichtet. Während sie ihre Meinung immer frei äußerte, räumte sie mir dieses Recht offensichtlich nicht ein. Seit dieser Zeit beschränkte sich unsere Unterhaltung, wenn wir uns denn mal sahen, auf eine knappe,

distanzierte Begrüßung. Zu einem Meinungs-
austausch kam es jedoch nicht. Viele Abende bei
Wein und Zigaretten machte ich mir Gedanken,
oft auch gemeinsam mit meiner Frau. Dabei
bemühte ich mich so sachlich wie möglich zu
bleiben und Gefühle hinten anstehen zu lassen.
Nach tagelangem Ringen mit mir selbst, schickte
ich meiner Schwiegertochter eine Whattsapp und
machte ihr ein Angebot zu einem klärenden
Gespräch. Diese hat sie leider nie geöffnet und
somit auch nicht gelesen. Allem Anschein nach
waren meine Feststellungen jedoch zutreffend,
sonst hätte sie mit Sicherheit aufbegehrt und eine
Klarstellung oder Rücknahme gefordert. Immer
häufiger beschäftigte mich unsere bestehende
Situation. Auch zu meiner Frau meidete sie
jeglichen Kontakt, sie schien sie in eine Art
Sippenhaft zu nehmen. Es bewahrheitete sich,
dass das Verhältnis von Schwiegermutter und
Schwiegertochter sehr oft ein außerordentlich
Schwieriges ist. Aus welchem Grund sie so
handelte, erschloss sich mir zunächst nicht. Ich
kam letztendlich zu dem Ergebnis, dass sie es
nicht gewohnt war, mit Konfliktsituationen
umzugehen. Solange man sie gewähren ließ, ihre
vielseitigen Wünsche erfüllte und keine Kritik
übte, konnte sie ausgesprochen nett sein. Sie war

vermutlich der Annahme, dass sich alles nach ihr und ihren Bedürfnissen zu richten hatte. Dies war mir in der Vergangenheit nie so aufgefallen. Auch in vielen anderen täglichen Dingen in unserem Zusammenleben gab sie zu erkennen, dass sie an einer Klärung und Besserung unseres Verhältnisses wenig interessiert war. Uns bewegte dieser Umstand und ich nahm dies zum Anlass, mit unseren Freunden, dem Pfarrer und auch der Freundin darüber zu diskutieren und erhielt einige Denkanstöße.

Als besonders Leidtragenden erkannte ich meinen Sohn, der auf der einen Seite mit seinen Eltern ein gutes Verhältnis haben wollte, sich auf der anderen Seite auch mit seiner Frau arrangieren musste. Da keine gemeinsamen Treffen mehr erfolgten, besuchte er uns öfter alleine oder telefonierte abends mit uns, wenn seine Frau die Kinder ins Bett brachte. Das brachte uns wieder sehr viel näher. Auch unsere Enkel waren ab und zu bei uns, darüber freuten wir uns sehr. Es ist schwer vorauszusagen, wie sich das Verhältnis zu unserer Schwiegertochter entwickeln wird. Zum jetzigen Zeitpunkt haben sich die Fronten verhärtet. Uns wurde der Rat gegeben, als Ältere und Weisere erneut das Gespräch zu suchen. Dies ist jedoch leichter gesagt als getan. Ich stellte fest, dass es sehr schwer ist über seinen Schatten zu springen, es erfordert für mich sehr viel Kraft und Überwindung. Bis heute konnte ich mich noch nicht dazu durchringen.

Ich hoffe, dass ich irgendwann einmal auch mit meinen Aktivitäten zu Hause entsprechend wahrgenommen werde. Hier habe ich bis zum heutigen Tag kaum Veränderungen feststellen können.

Ich wünsche mir, dass die Emotionen meiner Familie in den Hintergrund treten können und wieder ein normales Leben möglich machen.

Das Leben ist schön und wir sollten es jeden Tag genießen. Und mindestens einmal täglich lachen.